Gerald Marten:
SEGELRAUMSCHIFF GURK FOCK
Band 1
Balzmann Drei

GERALD MARTEN

SEGELRAUMSCHIFF GURK FOCK
Band 1
BALZMANN DREI

ROMAN

Die Deutsche Bibliothek – CIP Einheitsaufnahme

Marten, Gerald:
Segelraumschiff Gurk Fock / Gerald Marten –
Berlin: Kopfjaeger-Verl.

Bd.1. Balzmann drei. – 2002
  ISBN 3-8311-3444-8

© **KOPFJAEGER VERLAG**
Berlin 2002

www.Kopfjaegerverlag.de

Umschlaggestaltung:
  Helge Jäger

Herstellung:
  Books on Demand GmbH, Norderstedt

ISBN: 3-8311-3444-8

Kapitel 1

ANKUNFT

**Wir schreiben das Jahr 4819
nach dem Latschenkalender**

Schwarz, ja beinahe dunkel erstreckte sich der wie unendlich scheinende Raum. Sterne blinzelten sich ihr Licht flirtend (wollen wir eine Supernova machen?) zu und inmitten dieser Sternenorgie fuhr das Segelraumschiff Gurk Fock.

Die Gurk Fock hatte die Form eines runden, dunkelgrünen Gurkensalatbechers mit einem oberen Durchmesser von 100m, der sich nach unten hin leicht verjüngte. Die Höhe der Gurk Fock betrug 40m, das Ganze gekrönt von drei sternengelben Masten, an jedem ein großes, hellgrünes, rechteckiges, aprilfrisches Segel.

Die genaue Bezeichnung des Schiffes lautete: SRS Gurk Fock Typ FK/GK – 3 – st (Segelraumschiff Gurk Fock Typ Forschungskutter/Gurkenklasse – 3Master – sinktauglich).

Der Forschungskutter war benannt nach dem berühmten Maler und Gemüsehändler Gurk Fock vom Planeten Kugelgurk, dem es gelang, nach heldenhaftem Kampf eine Schlangengurke scheibenweise in Essig einzulegen und danach zu malen.

Eingehüllt von undefinierbaren, geheimnisbergenden Nebeln in rot, dann gelb, dann violett, vielleicht waren es auch die schmutzigen Fensterscheiben der Gurk Fock, lag das Ziel der Expedition vor ihnen: Planet *Balzmann Drei*.

Man ankerte auf dem Rastplatz an der Umlaufautobahn. Noch einen Gurkentaler in die Parkuhr, dann war die Expedition eröffnet.

„Da wären wir also!" begann Cosmander Störenbeker seine Rede herzlich. In der Kapitänskabine
waren die Expeditionsteilnehmer versammelt, welche auf diesem unbekannten Planeten abgesetzt
werden sollten, dort Erkundigungen zu tätigen, Le-
bensgefahr und womöglich Blasen an den Füßen
ausgesetzt.

Das Expeditionsteam setzte sich zusammen aus
der natürlich jungen, hübschen, langhaarigen und
intelligenten Expeditionsleiterin Junifee, der natürlich jungen, hübschen, natürlich streng frisierten,
dafür noch intelligenteren Universalwissenschaftlerin und Ärztin, alle Kassen, Dokta, dem rührend
dienstbeflissenen, korrekten, besonnenen, kurzhaa-
rigen Mitdreißiger und Protokollführer Zeitling und
dem Sicherheitsbeauftragten Rambini Ganschack,
einem Kämpfer im Rückzug, jedes Risiko suchend,
um es dann scheuen zu können, eben ein echter
Rambini. Er war jünger als Zeitling aber älter als
Junifee und Dokta, jedoch viel jünger als die Gurk
Fock. Wie alt war der Kapitän?

Und der fuhr fort in seiner Rede, dabei durch die
große Gurkenscheibe in seiner Kabine auf den Planeten blickend, sich nachdenklich am Kinn reibend:

„Weshalb ändert dieser blöde Planet nur ständig
seine Farbe? Da!" wobei der Cosmander aufgeregt
zur Gurkenscheibe hinauszeigte.

„Jetzt blaulichtblau, jetzt lottergelb, oh nein,
kopfschmerzgrün", und Cosmander Störenbeker
röchelte, griff sich an den Hals, rang nach Luft, worauf natürlich Dokta hinzusprang:

„Was ist, Cosmander, was haben Sie?"

Der Cosmander wies zum Planeten Balzmann Drei:

„Da!" stieß er krächzend hervor: „Da! Jetzt keineluftmehrrot!"

Glücklicherweise änderte *Balzmann Drei* rechtzeitig seine Farbe auf stirnrunzelbraun und verharrte in dieser Farbe.

„Was ist nun schon wieder?" staunte der sich erholende Cosmander und die Universalwissenschaftlerin und Ärztin (alle Kassen) Dokta erklärte:

„Der permanente Farbwechsel rührt von einer äußerst instabilen Atmosphäre her. Chemische Reaktionen ..."

„Ja, vielen Dank, sehr nett", unterbrach Cosmander Störenbeker freundlich, „aber nun ist immer noch stirnrunzelbraun da unten".

„Auch dieses Phänomen ist Resultat und Teil dieser instabilen Atmosphäre. Die chemischen Reaktionen laufen mal heftiger und mal weniger heftig ab, so dass es auch Phasen längerer Farbstabilität gibt", referierte Dokta und blickte natürlich nicht dabei durch eine große Gurkenscheibe, sondern durch ein großes Bullauge von sicherlich drei Metern im Durchmesser auf den geheimnisvollen Planeten.

Dokta gesellte sich wieder zum Expeditionsteam in der Mitte der Kapitänskabine. Cosmander Störenbeker wandte sich den Anwesenden mit einem feierlichen Gesamtausdruck zu:

„Liebe Mitschiffer und Mit-... Liebe Mitcosmander und ... Liebe Mitexpeditionäre und Mitexpeditionärinnen", fand der Cosmander endlich die passende Anrede und fuhr feierlich fort, „wir schreiben das Jahr Siebzehnmilliardendreihundertfünfundsechzigmillionendreihundertfünfundsechzigtausenddreihundertvierundsechzig Urknallzeit". „Dreihundertvierundsechzig", murmelte der Cosmander noch einmal vor sich hin und brach dann in einen monologen, harten Kurzlachanfall aus, dabei zum Bullauge zuckend zeigend: „Und ich dachte schon, die feiern Silvester da unten!"

Cosmander Störenbeker blickte in die fragenden Gesichter des Expeditionsteams, kämpfte aber noch mit hartnäckigen Nachlachern irgendwo zwischen Zwerchfell und Kniekehle: „Ich meine wegen der instabilen Disco da. Doch Scherz beiseite", fuhr der Cosmander wieder feierlich fort, „wir schreiben also jenes von mir gerade erwähnte Jahr mit welchem heutigen Datum?" sah er das Forschungsteam lehrerhaft an.

„Heute ist der zweite Klebruar", antwortete Protokollführer Zeitling.

„Klebruar, ach Klebruar, du süßer Honigmonat", begann der Cosmander zu schwelgen. „Alles nascht vom Honigtopf und dann lutschen sie sich die Honigfinger ab und verreiben den Rest", wobei er seine Hände aneinander rieb, die Gesichtszüge sich verekelnd, „und dann, und dann", der Cosmander raufte sich den Kopf, starrte entsetzt, „und dann wollen sie einem mit diesen widerlich klebrigen Händen die Hand schütteln. Ich hasse Klebruar!" schrie es aus dem Cosmander heraus und er wischte angewidert Hand an Hand, als wolle er einen imaginären Honig abstreifen und fuhr dann honigsüß lächelnd fort: „Sie kennen Ihren Auftrag. *Balzmann*

Drei. Dieser schwarze Fleck im schwarzen Universum und ich frage mich, weshalb man ihn trotzdem sehen kann."

Cosmander Störenbeker kratzte sich nachdenklich am Kopf. Die Mitglieder des Expeditionsteams blickten ihren Vorgesetzten einmal mehr fragend an und dieser bemerkte es, fuchtelte: „Nun, dieser schwarze Fleck, äh, diese gelbe Kugel, diese instabile Glühbirne, diese schmutzigen Scheiben, das ist Ihr Auftrag. Erkunden, protokollieren, berichten."

Die Angesprochenen murmelten, dass sie verstanden hatten. „Das packen wir schon", warf der Sicherheitsbeauftragte Rambini Ganschack ein, dabei viel Coolness auspackend.

„Und wenn diese Lichterscheinungen von feuerspeienden Drachen stammen?" fragte der Cosmander herausfordernd direkt in Ganschacks Gesicht, sich dabei mit beiden Armen auf den Tisch stützend, der sich breitbeinig und halbstark zwischen dem Cosmander und dem Expeditionsteam postiert hatte.

„Vielleicht kann man ja mit den Drachen verhandeln", erwiderte der Sicherheitsbeauftragte kleinlaut.

„Oder mit ihm über die Milchstraße schlendern?" setzte der Cosmander das Gedankenspiel fort.

„Und ein Eis essen", nahm Ganschack den Gedanken euphorisch auf und schien unendlich erleichtert.

„Das kühlt ungemein!", jubilierte der Cosmander.

„Ja, den Rachen vom Drachen!" juchzte Ganschack.

„Muss ich das alles schon protokollieren?" fragte der Protokollführer Zeitling beinahe ängstlich.

„Schluss!" rief der Cosmander dazwischen. „Aber das mit dem Eisessen ist eine gute Idee. Das könnten wir ja gemeinsam tun, wenn Sie wiederkommen", überlegte der Cosmander kurz und fuhr dann nuschelig fort, „falls Sie überhaupt wiederkommen".

„Wie?!" meldete sich zum ersten Mal die Expeditionsleiterin Junifee zu Wort.

Der Cosmander beruhigend, abwiegelnd, verlegen lächelnd: „Sie haben es ja alle von unserer hochverehrten, phantastischen, intelligenten und berühmten, Zeitling: protokollieren, Universalwissenschaftlerin und Ärztin Dokta ..."

„Alle Kassen", unterbrach Dokta.

„Wie?" stutzte Cosmander Störenbeker.

„Alle Kassen", wiederholte das Expeditionsteam geschlossen und angenervt.

„Natürlich!" fasste sich der Cosmander an den Kopf. „Alle Kassen", und etwas leiser zu Dokta gewandt: „Darf ich Ihnen bei Gelegenheit einmal die Bordkasse vorbeibringen? Wissen Sie, die klemmt und macht innen drinnen so komische Geräusche, wissen Sie, wie ständige Bäuerchen. Aber das hat Zeit", winkte der Cosmander großmütig ab und erntete die üblichen fragenden Blicke der vier Expeditionsteilnehmer.

Schweigen für einen Moment. „Tja", suchte Cosmander Störenbeker wieder Anschluss an seine offizielle Rede.

„*Balzmann Drei*", erinnerte Junifee trocken mit einem kurzen Kopfnicker Richtung Bullauge.

„Richtig", lobte der Cosmander. „Solche mitdenkenden Frauen wie Sie müssten solch eine Expedition führen", wobei der Cosmander den vermeintlichen Leiter Ganschack schräg anblickte.

„Ich bin die Leiterin", erklärte Junifee mit erbostem Blick.

„Sehen Sie, so schnell geht das bei mir. Grad standen Sie noch hinter dem Herd in der Kombüse und jetzt", Cosmander Störenbeker schnippte mit den Fingern, „jetzt sind Sie schon die Expeditionsleiterin dieses historischen, alle kosmischen Dimensionen übertreffenden Ereignisses. Seit dem Urknall", der Cosmander hielt beide Arme empor, wie sämtliche Hafenkneipen beschwörend, „das hervorragendste Geschehen in den unendlichen Weiten des Universums. Sie, liebe Junifee, leiten, unter meiner bescheidenen Mithilfe und Führung, die Erforschung dieses", der Cosmander trippelte mit halb erhobenen Armen Richtung Bullauge, dabei den Hals reckend, spähend, dann hatte er *Balzmann Drei* im Blickfeld, „dieses, igitt, spinatgrünen Planeten. Fliegt das Zeugs da unten schon in der Luft herum?"

Angewidert schritt der Cosmander zurück zur Gruppe: „Also wirklich, Dokta, sehr instabil dieser Spinatklops da unten. Und da müssen Sie nachher durch", kicherte der Cosmander kurz glucksend auf.

„Muss ich den Spinat schon protokollieren?" fragte Zeitling unsicher.

„Nein!" kam die zornig resolute Antwort der drei anderen des Expeditionsteams.

Junifee und Ganschack blickten Dokta beinahe flehentlich an. „Kein Spinat", gab dieser Entwarnung und alle Blicke richteten sich böse auf Cosmander Störenbeker.

„Ich habe noch eine gute Nachricht für Sie", versuchte dieser zu beruhigen. „Natürlich werden Sie, falls dort unten vorhanden, sämtliche Sprachen auf Grund Ihrer Intelligenz sofort verstehen und beherrschen. Vielleicht ist Ihnen dieses Phänomen aus Science-Fiction-Filmen bekannt".

Man schmunzelte sich in der Gruppe überlegen zu. Man war überlegen. Endlich ein Lichtblick in diesem finsteren Auftrag.

Und schon hob der Cosmander wieder an: „Was immer Sie dort unten an Dingen, vor allem an grausamen Dingen", die Expeditionsgruppe sackte wieder demoralisiert in sich zusammen, „erwartet" – Todesstille, der Kosmos stand still, Rambini Ganschack bereitete innerlich seinen geordneten Rückzug vor, Junifee stand noch nie hinter dem Herd in der Kombüse, sehnte sich jetzt aber dorthin – „Sie dürfen nicht eingreifen". Der Kosmos setzte sich wieder in Bewegung, Junifee verfluchte den Herd und Ganschack marschierte in Gedanken schon todesmutig an der Spitze der Expedition. Nicht eingreifen. „Selbst wenn ein Eingeborener", fuhr der Cosmander fort, „um Klopapier bettelt. Nicht bringen, nur berichten. Viel mehr kann ich Ihnen nicht mit auf den Weg geben, liebe Expedition, liebe Kollegen, Freunde“, sagte Cosmander Störenbeker beinahe mit Tränen in den Augen ...“

Freunde? Fast so was wie Tränen? Abschiedstränen?

Die Expeditionsteilnehmer beschlich erneut das Gefühl, als wüsste der Cosmander mehr, als er ihnen mitteilte.

„Doch eine kleine Hilfe habe ich noch für Sie“, wobei der Cosmander auf den breitbeinigen Tisch wies. „Dieses Ding nennt man dort auf dem Planeten *Granate* und die Eingeborenen animieren solch ein Gerät sehr gern zum Fliegen durch die Luft.“

Die Expeditionsteilnehmer begutachteten das etwa 40 cm lange Gerät mit einem Durchmesser von vielleicht 10 cm, das vorne spitz zulief, ansonsten glatt und zylindrisch gebaut war.

„Wir haben nun“, referierte der Cosmander weiter, „in diese sogenannte Granate einen intelligenten Roboter eingebaut, der Sie begleiten wird und uns als Verbindung zu Ihnen dient. Wir dachten uns, da solche Granaten dort unten gern und viel durch die Lüfte fliegen, dass eine Granate mehr in der Luft nicht auffällt. Die perfekte Tarnung.“

Selbstzufrieden betrachtete der Cosmander den Roboter in Granatenform. Und die Expeditionscrew nahm es staunend hin. Was war eine Granate? Was war ein Roboter? Wo war der Fluchtweg?

„Noch Fragen?“ fragte Cosmander Störenbeker.

„Wie heißt diese – diese Granate?“ erinnerte sich Junifee an ihre Aufgabe als Expeditionsleiterin. Sie wollte allmählich Granate und Heft in die Hand nehmen.

„Guckguck", lächelte der Cosmander. „Rufen Sie ihn einfach Guckguck, darauf hört er. Wenn es besondere Probleme gibt mit Ihnen da unten, so können Sie mir das über Guckguck hier oben mitteilen und ich weiß, wobei ich Ihnen nicht helfen kann."

„Einfach Guckguck oder Herr Guckguck?" fragte Zeitling fürs Protokoll.

„Guckguck genügt. Guckguck ist sozusagen mein verlängertes Auge, mein verlängertes Ohr, mein verlängerter Mund und meine verlängerte Nase."

Kleine Pause.

„Ha!" lachte Cosmander Störenbeker kurz auf. „Ich bin doch nicht Pinocchio. Nase natürlich nicht. Doch Spaß beiseite."

„Was ist ein Pinocchio?" nahm sich Junifee das Wort.

„Woher soll ich das wissen", antwortete der Cosmander. „Also weiter. In Guckguck ist vorne eine Kamera eingebaut, dort auf dem Tisch liegt auch für Sie der Taschenkontrollmonitor. Dazu ist in Guckguck noch ein Mikrofon, ein Lautsprecher und fliegen kann er. Noch Fragen?"

Allgemeines Sinnieren.

„Nein", beendete die Expeditionsleiterin Junifee die Fraglosigkeit.

„Tja, wie gesagt", schloss der Cosmander, „viel Hilfe habe ich nicht für Sie. Sie werden auf sich allein gestellt sein", wobei er zum großen Bullauge schritt, feldherrisch auf den jetzt prositblauen Planeten blickend: „Jemand sollte wirklich einmal die Scheiben putzen", merkte Störenbeker an, „oder den Planeten da unten".

„Das kann ich ja übernehmen!" meldete sich der Sicherheitsbeauftragte Rambini Ganschack eifrig. „Ich fange gleich damit an."

„Aber, aber", drehte sich der Cosmander zur Gruppe und Ganschack senkte verlegen den Kopf. „Sie alle erhalten jetzt auch noch total schicke Ausgehklamotten und dann auf ins Gefecht."

„Gefecht?", grummelte die Expeditionsgruppe, den Cosmander böse fixierend.

„Sagte ich Gefecht? Aber nein, nicht doch, habe ich bestimmt nicht gesagt. Ich sagte, ich sagte … Geflecht. Genau. Dort unten wird es bestimmt viele schöne Blümchen geben und Büsche und Sträucher mit köstlichen Beeren daran. Und in dieses Geflecht dürfen Sie heute reisen. Ich beneide Sie richtig. Und jetzt auf!" wollte der Cosmander keine weiteren Einwürfe mehr zulassen.

Einige Zeit später, Junifee war dann auch endlich mit der Kleidungsanprobe fertig, standen das Expeditionsteam und Cosmander Störenbeker im betriebsamen Schiffshangar, wo die Beiboote stationiert waren.

„Sieht doch toll aus", lobte der Cosmander die vier in ihren neuen Ausgehklamotten. „Und wie die schwarzen Stiefel zu diesem schnullergrauen Anzug passen, einfach schick. Und beachten Sie, wie die Bündchen unten an den Ärmeln und dem Kragen hinreißend weiß abgesetzt sind. Todschick."

Die vier vom Team blickten an sich hinunter, musterten den zweiteiligen Anzug. Der obere Teil war pulloverartig, die Hose war hosenartig.

„Und die Anzüge halten Hitze und Kälte ab, sind regenfest, bügelfrei ...", informierte der Cosmander.

„Auch knitterfrei?" fragte Junifee besorgt.

„Knitterfrei und waschen auf dreißig Grad", ergänzte der Cosmander.

„Mit Vorwäsche?" fragte Dokta interessiert.

„Ohne", antwortete der Cosmander.

„Aber mit Sparprogramm?" erkundigte sich Zeitling.

„Selbstverständlich", pflichtete der Cosmander bei.

„Weichspüler?" fragte Ganschack.

Der Cosmander versuchte Haltung zu bewahren. Ihn beschlich das Gefühl, als wolle jemand Zeit gewinnen: „Kein Weichspüler und nun liebes Exteam ..."

„Wie?!" horchte die Gruppe geschlossen auf. Klang das nicht wie ex und hopp? Ihnen rutschte der Magen unter die Fußsohlen.

Böse, panikartige Blicke peitschten den Cosmander, der diese wahrlich spürte und lächelnd zu beschwichtigen versuchte: „Liebe Mitexpeditionäre und Mitexpeditionärinnen. Expeditionsteam ist doch so umständlich auszusprechen. Exteam ist doch nur ein Kürzel dafür."

Schweigen, doch die Blicke der vier schrien um Hilfe.

„Na gut", beendete Junifee die Situation. „Wo steht unser Beiboot?"

„Das ist die richtige Einstellung. Tatendrang, Reisefieber, so ist's recht", jubilierte der Cosmander freudig, wahlweise erleichtert, und zeigte auf ein Beiboot in der Mitte des Hangars: „Das ist Ihr Boot."

Die Beiboote der Gurk Fock maßen vier Meter Höhe, oben einen Durchmesser von ebenfalls vier Metern, der sich nach unten hin schmälerte. Das zylindrische Gefährt, ganz in weiß gehalten, glich, was soll man drum herumreden, einem Joghurtbecher. Da die Gurk Fock zur Gurkenklasse gehörte, passten die Beiboote in Joghurtbecherform natürlich perfekt als Dressing.

Im oberen Teil saß der Pilot mit seinen beiden Ruderlöffeln. Eine durchgehende Rundumscheibe ermöglichte ihm freie Sicht in alle Richtungen. Natürlich hatte er auch einen separaten Eingang zu seinem kleinen Fitnessstudio.

Im unteren Teil des Bootes befand sich der Raum für Passagiere und Gerät. Mehrere Bullaugen bildeten hier den Fensterring.

„Liebes Team, was soll ich noch sagen", versuchte der Cosmander eine Abschiedsrede. „Es sind höchstens ein paar Tage und außerdem bin ich ja ständig bei Ihnen, nämlich per Guckguck". Und da sauste Guckguck schon heran. Man hatte ihn in der Kapitänskabine vergessen und das schien er übel genommen zu haben. Oder nahm er seine Tarnung als Granate zu genau? Jedenfalls schlug er ins Beiboot ein.

Nachdem man ein neues Beiboot klargemacht und Guckguck entschärft hatte, konnte das Expeditionsteam die Gurk Fock Richtung *Balzmann Drei* verlassen.

Bekanntlich ist der Luftwiderstand im Weltall eher gering, so dass der Pilot leichtes Rudern hatte. Zudem wehte ein starker Sonnenwind, der das Beiboot zusätzlich vorantrieb und so rasten sie mit Hyperjog 5 linksdrehend dem Planeten entgegen, der sich jetzt farblich in ein Grau getaucht hatte. Kein Schnullergrau wie die Bekleidung des Exteams, eher ein Schmuddelgrau.

Die vier blickten noch einmal Richtung Gurk Fock, im Hintergrund die funkelnden Sterne, einer davon ihre Heimat, dann tauchte das Beiboot in die graue Atmosphäre von *Balzmann Drei* ein.

Kapitel 2

KONTAKT

Ohne weitere Komplikationen war man gelandet, hatte Ausrüstung und sich selbst ausgeladen. Der Pilot teilte noch den Rückflugtermin mit, wünschte alles Gute und legte einen Blitzstart hin, als flüchtete er geradezu von diesem Planeten, so jedenfalls empfand es das Exteam.

„Erstmal Ausrüstung aufnehmen!" ordnete Junifee an.

Dokta nahm ihren Rucksack, der Apotheke und Küche enthielt, also einen Rucksack voller Tabletten. Alles andere trug sie im Kopf. Ganschack trug einen Rucksack mit Ersatzunterwäsche, besonders für sich selbst, außerdem, als Sicherheitsbeauftragter, eine Betäubungswaffe, hoffentlich nicht besonders für sich selbst. Man hatte erfahren, dass auf *Balzmann Drei* ein permanentes Brunftverhalten ablief. Aus diesem Grunde hatten die Spezialisten der Gurk Fock die Betäubungswaffe als kleines Hirschgeweih gearbeitet, eine ebensolche Tarnung wie Guckguck als Granate. Dieses Geweih bestand aus zwei Teilen, die, an einem Stirngurt befestigt, je von einer Schläfe emporragten, um dann eine Abzweigung in der Mitte und eine Krümmung oben zu vollführen. Die beiden Geweihteile ähnelten also einem großen „F", nur die Dödel nach vorn gerichtet. Die Höhe des Geweihs betrug lediglich 15 cm, man wollte die Eingeborenen nicht unnötig provozieren. Bei Knopfdruck am Gürtel Ganschacks schossen aus den oberen beiden Dödeln des „F's" die Betäubungsstrahlen.

Im Rucksack Zeitlings war Guckguck deponiert, wenn er nicht als Kundschafter benötigt wurde. Dazu transportierte Zeitling noch den Kontrollmonitor für Guckgucks Kamera und sein Protokolliergerät.

„Auf Grund des atmosphärischen Geflackers hier setzten wir nun, zur Schonung unserer Augen, alle diese dunklen Sonnenbrillen auf", ordnete Junifee an und alle taten es.

„Darf ich etwas melden", mischte sich Dokta ein.

„Hast Du etwa die Gurkensalatpillen vergessen?" neckte Junifee.

„Aber nein", runzelte Dokta halb irritiert, halb beleidigt die Stirn. „Es ist wegen der Atmosphäre. Sie weist jetzt, wie mir mein Universalmessgerät zeigt, eine erstaunliche Farbstabilität auf. Der Grund wird sein, dass unser Pilot vorhin die Atmosphäre mit seinen Löffeln gut umgerührt hat."

Nebenbei. Außer der Sonnenbrille trug Junifee natürlich noch die Verantwortung für die Expedition, vielleicht noch eine Bürste für die Haare und etwas Parfüm. Die Kulturbeutel der Gruppe waren noch bei Dokta deponiert, da diese ja an ihrer Pillensammlung nicht allzu schwer zu schleppen hatte, vielleicht bis auf die schweren Pillen wie Schweinebacke mit Schwarzen Löchern.

„Guckguck!" rief Junifee zuckersüß, „guckguck doch mal etwas in der näheren Umgebung herum!"

Das Maschinchen gehorchte, hob ab und schwebte in den Nebel hinein, funkte die Bilder seiner Kamera auf den kleinen Monitor, den Protokollführer Zeitling in seinen Händen hielt. Alle Expeditionsteilnemer hatten sich um den Bildschirm versammelt.

Etwas Land war im grauen Nebel zu sehen, flaches Land, ein paar Bäume und Gestrüpp in schwarz wie verkohlt, ein schwarzes Band, straßenähnlich, zeigte sich einige Meter lang, darüber der graue Himmel.

„Gespenstisch", befand Ganschack und schüttelte sich.

„Dabei ist es noch Tag", sagte Junifee und dem Rambini graute es.

Die Expeditionsleiterin beorderte Guckguck zurück. Der tauchte schon bald aus dem Nebel auf, doch etwas begleitete ihn. Die vier horchten gebannt in den Nebel. Ein Geräusch, leise erst, doch je näher Guckguck schwebte, desto intensiver wurde es. Eine Stimme, es war eine Stimme: „Hier Gurk Fock, hier Gurk Fock, bitte kommen, hier Cosmander Störenbeker, können Sie mich hören, bitte melden, bitte melden, hier spricht der Cosmander!" Guckguck schwebte auf Kopfhöhe ein, umrundet vom Exteam.

„Hier ist Expeditionsleiterin Junifee auf *Balzmann Drei*. Was gibt's?"

„Wie sieht's aus da unten, gibt es was zu sehen? Weshalb schalten Sie nicht Guckgucks Kamera auch auf meinen Monitor? Ich sitze hier gemütlich im Fernsehsessel ... ich meine auf meinem Schreibtischstuhl und bearbeite einen riesigen Stapel Akten ... Haben Sie schon den Präsidenten kennengelernt? Ende."

„Hier unten ist nur alles grau und vernebelt. Man sieht kaum etwas. Es lohnt sich nicht, Guckgucks Kamera auf Ihren Monitor zu schalten. Alles Nähere kann Ihnen der Pilot des Beibootes erzählen. Ende", machte Junifee ihre Durchsage.

„Schade", sagte der Cosmander. „Aber wenn was ist, sofort berichten, sofort melden, ja?"

„Natürlich", erwiderte Junifee gutmütig.

„Also Ende und aus", schloss der Cosmander und man hörte noch, wie er sich aus seinem knarrenden Fernsehsessel erhob.

„Bis dann", beendete auch Junifee das Gespräch.

„Ich meine, wir sollten hier erst einmal die Lage sondieren", meldete sich Ganschack. „Soviel Nebel ist mir schleierhaft."

„Und ich protokolliere es dann hier an Ort und Stelle", schloss sich Zeitling dem Versuch an.

„Wir begeben uns jetzt dort auf die Straße und starten unsere Expedition", klapperte Junifee keck lächelnd mit funkelnden Augenlidern.

Ganschack erschauerte. War diese reizende, augenlidklappernde Reiseleiterin etwa von Störenbekers Forschungsfieber gepackt? Ex und hopp?

Die Gruppe formierte sich samt Ausrüstung auf der Straße. Vornweg Junifee, dahinter der protokollierende Zeitling, dann Dokta, die unentwegt mit ihrem Universalmessgerät in die Gegend schnupperte und am Ende der sichernde Rambini Ganschack. Und über allen schwebte in geringer Entfernung Guckguck umher. So trabte die kleine Gruppe auf der schwarzen Straße durch den grauen Nebel der ungewissen Welt von *Balzmann Drei* entgegen.

„Was ist das?!" horchte Junifee auf und alle lauschten in den Nebel hinein.

Weit weg, ein Grollen, anhaltend, dann wieder Stille.

„Was war das?" zischte Ganschack von hinten.

„Das kann ich noch nicht genau sagen", antwortete Dokta. „Gewitter, Explosionen, eine Fastengesellschaft."

„Kommt schon!" forderte Junifee ermunternd lächelnd auf und das Exteam setzte sich wieder in Bewegung.

Wie lange tapste man schon durch den Nebel? Fünf Minuten? Fünf Stunden oder vierunddreißig Minuten und siebzehn Sekunden? Wieviel Grau erträgt ein Lebewesen, wie viel Nebel Junifees Frisur?

„Im Vakuum herrscht Gedränge im Vergleich zu deinem Hirninhalt!"

„Die Gedanken sind frei, doch du bist frei von Gedanken!" kam die Antwort.

Das Exteam suchte Deckung hinter einem Gebüsch. Von vorn kamen die beiden Stimmen. Die ersten Eingeborenen. Und dort, hinter einer alleinstehenden, eingefallenen Kate tauchten sie auf, wie man durch den gelichteten Nebel schon gut erkennen konnte.

„Selbst die Blödheit ist nicht blöd genug, dich als Spende anzunehmen!" Das war wieder die erste Stimme, vorgetragen von einem dunkelhäutigen, jüngeren Wuschelkopf männlichen Geschlechts in sehr bunter Bekleidung, ein guter Kontrast zu der grimmeligen Landschaft.

„Du Intelligenzallergiker!" Das war die zweite, etwas ältere Stimme. Ihr Besitzer war ein weißhäutiger, rundlicher, mittelalter Mann mit schütterem Haar, schwarzer Brille und in dezenter, uniformähnlicher Bekleidung.

Die beiden standen etwa zwanzig Meter voraus am Straßenrand, nur noch von leichtem Nebel umweht.

„Du Unterschied zwischen dumm und dämlich!" der Farbige.

„Geh doch wieder auf deine Weide grasen!" der Rundliche.

„Seid ihr bescheuert?!" Ein dritter Eingeborener gesellte sich hinzu und beschimpfte die beiden anderen. Es handelte sich dabei auch um einen Weißhäutigen, natürlich jung und ansehnlich, wie Junifee sofort bemerkte. Sie blickte mit den anderen vom Team, das nach wie vor in Deckung lag, gebannt zu dem eingeborenen Trio. Scheinbar war der zuletzt Hinzugekommene auch der Boss. Und dass man die Eingeborenen sprachlich verstehen würde, hatte der Cosmander ja schon an Bord der Gurk Fock erklärt.

„Erhardt will Posaune zur Gitarre blasen", empörte sich der Farbige.

„Ich werde das schon lernen!" stampfte der Rundliche bockig auf.

„Jetzt mal Ruhe, Erhardt und Hendrix!" entschied der wahrscheinliche Boss der Gruppe und blickte dabei erst den Weißen und dann den Farbigen an. „Ihr wisst doch genau, dass wir im Moment nicht einmal mehr Hendrix´ Gitarre, geschweige eine Posaune haben. Und außerdem wurde hier schon genug Posaune auf dem Planeten geblasen."

„Genau", ergänzte Hendrix.

„Und wie willst du deine Gedichte singen und Posaune blasen?" beendete der wahrscheinliche Boss den Streit.

„Ja, ja", kommentierte Erhardt beleidigt.

„Guckguck!" zischte Junifee böse in die Höhe.

Zu spät. Der Erkundungsroboter in Granatenform schwebte schon Richtung der drei Eingeborenenen seiner ihm einprogrammierten Aufgaben, nämlich der allgemeinen Aufklärung, nachzugehen, besser, nachzuschweben. Zudem hielt er seine Tarnung als Granate ja auch für den Normalzustand auf *Balzmann Drei*. Somit dürfte er eigentlich niemandem der Eingeborenen auffällig werden, so die Planung.

„Deckung!" rief Hendrix und zeigte auf Guckguck.

Die drei Eingeborenen warfen sich hinter der Kate auf den Boden, die Arme schützend über dem Kopf.

Entsetzt starrte das Exteam auf die Situation, denn Guckguck kreiste um die Bretterbude und kam schon von der anderen Seite dem Trio zur Erkundung sehr nahe. Die drei sprangen panisch auf, rannten an der Vorderseite der Ruine entlang, warfen sich erneut zu Boden, verfolgt vom neugierigen Guckguck.

„Was ist das für ein Scheißding!" starrte Hendrix ängstlich zu Guckguck hoch.

„Jetzt ist Schluss!" entschied Junifee und erhob sich aus der Deckung, so auch der Rest des Exteams. „Guckguck, Platz! Komm sofort her und mach Platz!"

Guckguck gehorchte brav dem Befehl seiner Expeditionsleiterin und schloss sich wieder dem Team an, das sich langsam und vorsichtig auf die drei Eingeborenen zu bewegte. Die hatten sich mittlerweile wieder erhoben, säuberten ihre Kleidung.

„Wer seid ihr denn und was ist das da in der Luft?!" fragte der wahrscheinliche Boss empört und zeigte auf Guckguck.

„Wir, ja, wir ..." stotterte Junifee und versuchte ihre Hilflosigkeit zu verbergen. Man hatte vergessen, nein, Cosmander Störenbeker hatte vergessen, sie auf genau diesen Fall vorzubereiten.

„Protokollieren. Zeitling, protokolliere diese Schlamperei!", sagte Junifee energisch zum Protokollführer.

„Gerne", erwiderte dieser pflichtbewusst, „aber ohne Sonnenbrille könnte ich das noch besser bewältigen".

Junifee sah das ein: „Alle absetzen!" zumal der Himmel von *Balzmann Drei* tatsächlich sehr farbstabil zur Zeit schien.

„Vorsicht, Vorsicht", meldete sich jetzt auch der Sicherheitsbeauftragte Rambini Ganschack, der sich bis zu diesem Zeitpunkt erst einmal taktisch zurückhielt.

„Wer sollen das schon sein?" nahm Hendrix die Frage des wahrscheinlichen Bosses auf. „Hier rennen doch nur komische Leute rum", und grinste Erhardt an.

„Und das Ding da oben?" fragte Erhardt und wies auf Guckguck.

„Nur eine Granate", belehrte Dokta, welche die ganze Zeit die Lage wissenschaftlich sondierte.

„Ach so, nur eine Granate", bemerkte der wahrscheinliche Boss lakonisch und suchte unauffällig etwas Deckung hinter Junifee. Erhardt und Hendrix krochen nach einer kleinen Weile wieder aus dem Straßengraben hervor.

„Weißt du nicht, was eine Granate ist?" blickte Junifee den wahrscheinlichen Boss lehrerhaft, strafend, überlegen an.

„Die Dinger kenne ich zur Genüge. Aber eure Granate scheint mir etwas sonderbar", blinzelte der wahrscheinliche Boss zu Guckguck und stellte sich endlich vor: „Ich heiße übrigens Ufo", worauf eine verwirrende Vorstellerei begann, bis die Namen richtig zugeordnet waren. Auch Guckguck wurde vorgestellt, auf dass den Eingeborenen eine Granate vom Herzen fiel.

„Wollt ihr auch nach Empirehausen?" fragte Ufo in die Runde des Exteams.

„Wollen wir?" fragte Junifee Dokta flüsternd, danach Ufo verlegen ansehend.

„Wisst ihr, meinem Freund hier, dem Hendrix, haben sie die Gitarre geklaut und vermutlich nach Empirehausen entführt. Aber wir brauchen die Gitarre, um die Gedichte von Erhardt zu vertonen. Deshalb müssen wir nach Empirehausen", klärte Ufo auf.

„Empirehausen, genau, so heißt das Nest, wo wir hin wollten", erklärte Junifee gespielt selbstbewusst, als wäre das Ziel geplant.

Hendrix vermutete noch, dass wahrscheinlich eine Bande von Volksmusikanten seine Gitarre geklaut hatte und Junifee beschloss, sich mit ihrem Exteam diesem einheimischen Trio anzuschliessen. Einmal, weil die Eingeborenen wohl gute Kenntnisse von der Gegend hatten, und der zweite Grund konnte unter Umständen Ufo heißen, der übrigens schlicht in recycleweißer Jacke und schwarzer Hose, passend zur Landschaft, bekleidet war.

Und da war es plötzlich wieder, dieses Grollen in der Ferne. Alle blickten in die Richtung, Erhardt kaute nervös an den Fingernägeln, dabei „Nudelbusch" hauchend und noch einmal „Nudelbusch". Es war kein zärtliches Hauchen, es war wie der letzte Lebenshauch.

„Nudelbusch", begann Ufo seinen Erklärungsversuch. „Nudelbusch. Das Grauen und der Schrecken fürchten sich vor Nudelbusch und der Horror erzittert! Das ist Nudelbusch, so sagt man", informierte Ufo.

„Und der Tod möchte sterben, erblickt er Nudelbusch", ergänzte Hendrix.

„Man opfert Nudelbusch sogar, um ihn zu besänftigen", grinste Ufo. Doch war sein Grinsen echt oder ein Anflug von Nervenzusammenbruch?

„Vielleicht sollten wir auch mal was opfern", tätigte Erhardt einen Vorschlag, hatte sich allerdings schon wieder gefangen, das Grollen hatte aufgehört.

„Was siehst du mich dabei so an!" erboste sich Hendrix. „Reicht es nicht, dass meine Gitarre schon irgendwo da hinten gequält wurde?", zeigte er Richtung des Grollens, des beendeten.

„Nudelbusch scheint der Gott dieser Welt zu sein", flüsterte Dokta zu Junifee und die nickte zustimmend. Zu eindeutig die Symptome.

„Ihr opfert also nicht, wenn Nudelbusch zum Gebet ruft, ich meine, wenn er hier in die Gegend grollt", wobei Junifee so über die Landschaft zeigte.

„Gott Nudelbusch", sprach Zeitling vor sich hin beim Protokollieren und Rambini Ganschack sicherte sichtlich nervös.

„Wir haben damit nichts zu tun", blickte Ufo seine beiden Freunde streng an.

„Gar nichts", schüttelten die Gemeinten die Köpfe.

„Und wo grollt er denn, ich meine, wo steht sein Thron, seine Bundeskiste, wo parkt er seine Wolke?" erkundigte sich Junifee ganz Forschergeist. Der Cosmander wird es zufrieden sein.

„Wenn wir in Empirehausen sind, für Geschäfte oder Besorgungen, dann halten wir uns auch nur in den Außenbezirken auf. Wir beziehen dann da ein Stammhotel. Ihr wart noch nie dort?" fragte Ufo Junifee.

„Ähh ...", ein Blick zu Dokta, die mit den Schultern zuckte, „äh, nein", antwortete Junifee bedauernd.

„Ein übles Nest", wusste Hendrix zu berichten.

„Ach was", mischte sich Erhardt ein, „oberübel!"

„Aber nun mal die größte Stadt des Planeten und da zieht's die Leute hin. Und woher kommt ihr denn nun?" hakte Ufo wieder nach.

„Von weit", wies Junifee willkürlich in eine Richtung.

„Eure Sache", kommentierte Ufo, als sei er der Meinung, die vier hätten etwas auf dem Kerbholz. „Jedenfalls waren wir auch noch nie im Zentrum von Empirehausen, da, wo es am übelsten sein soll. Das Grollen aber, meine ich, kommt von der hinteren Stadtseite. Und da waren wir erst recht noch nie."

Dem Sicherheitsbeauftragten Rambini Ganschack war das alles nicht geheuer. Er blickte sich sichernd um, jederzeit den Rückzug vorschlagen zu können, falls diese düstere Landschaft eine Falle des Planeten war, harmlose Expeditionen aus dem Weltall in den Trübsinn und tiefste Depressionen zu stürzen, um dann über sie herzufallen. Wer weiß, welche Aufgabe dieser Ufo mit seinen Kumpanen dabei spielte oder gar Cosmander Störenbeker.

„Rambini, was für Gedanken!" schimpfte die Universalwissenschaftlerin und Ärztin, alle Kassen, und Ganschack errötete.

„Dann lasst uns man los!" schlug Ufo vor.

Die drei Eingeborenen schnallten noch ihre Ausrüstung um und dann formierte sich die Gruppe. Junifee und Ufo an der Spitze, wobei die Expeditionsleiterin erzählte, dass sie aus dem Weltall von einem anderen Planeten kämen, worauf Ufo ironisch erklärte, dass er eigentlich Mitglied bei den Brunfthennen aus Brüsseldorf sei, was ihm Junifee auf Grund ihrer überlegenen Intelligenz natürlich nicht abnahm, schließlich trugen Hennen keine schwarzen Hosen.

Man mag sich wundern, weshalb Ganschacks Betäubungswaffe in Geweihform auf seinem Kopf den Eingeborenen nicht weiter auffiel. Des Rätsels Lösung sollte sehr bald folgen.

Die Gruppe formierte sich also. Junifee und Ufo, dann Zeitling, daneben tänzelte Hendrix, dahinter Dokta, daneben feixte Erhardt wegen ihres Sondierungsapparates und am Ende stolperte Ganschack über etwas Abartiges, das Dokta als leere Spinatkonserve analysierte. So marschierte man Richtung Empirehausen.

Die Führung beschloss noch, dass das Team Ufo dem Exteam bei der allgemeinen Erkundung der planetarischen Gegebenheiten helfen und das Exteam im Gegenzug bei der Befreiung von Hendrix Gitarre zur Seite stehen wollte, soweit das überhaupt möglich war, galt doch das strikte Verbot, in die Welt von *Balzmann Drei* einzugreifen, als ...

„Schaltet mich doch mal an!" brüllte eine Stimme aus Guckguck, der um die Gruppe herumschwebte.

Hendrix wurde blass, Erhardt fiel auf die Knie und faltete seine Hände Guckguck entgegen und sprach: „Oh, Nudelbusch, du sprichst zu uns, dein Wille ...“

„Was ist?! Wo gibt es Nudelsuppe? Hier ist Cosmander Störenbeker, hallo Junifee, bitte kommen!“

Junifee orderte Guckguck zu sich in Brusthöhe: „Hier Junifee, wir schalten!“, und Dokta schaltete Guckgucks Kamera auch auf den Monitor des Cosmander im Orbit.

„Wo bleibt die Farbe?!“ erbat sich der Cosmander jene doch auch noch zuzuschalten.

„Hier unten ist es so grau-grimmelig, mehr Farbe gibt's nicht.“ erklärte Junifee über Guckguck dem Cosmander.

„Ach, das ist doch aber ein schönes Grau“, befand ihr Vorgesetzter lobend, die Moral der Gruppe zu stärken.

Junifee nahm Guckguck beiseite und flüsterte hinein: „Haben Kontakt mit drei Eingeborenen. Begeben uns jetzt alle Richtung Hauptstadt Empirehausen. Ende.“

„Was ist?!“ brüllte der Cosmander. „Und wer sind die drei Typen da?“

„Eingeborene, die uns helfen wollen“, informierte Junifee etwas lauter.

„Eingewas?!“, fragte der Cosmander energisch nach.

„Eingeborene!“ schrie Junifee Guckguck an, dem daraufhin ein schriller Pieps entfuhr.

„Pschschscht, leise, und seien Sie bloß vorsichtig!" flüsterte der Cosmander. „Vielleicht aber können die Ihnen behilflich sein."

„Ende", rollte Junifee angenervt mit den Augen, um dann unschuldig und honigsüß in die entgleisten Gesichtszüge der drei Eingeborenen zu lächeln. „Der Cosmander nur, da oben!" zeigte sie ins Weltall.

„Ja, ja, von da oben", bemerkte Ufo stirnrunzelnd in ein noch entferntes Dröhnen hinein, das sich jedoch rasch näherte.

„Deckung!" rief Hendrix und Ganschack war schon im Straßengraben, die anderen folgten.

Und dann donnerte, quietschte und rasselte es auf der Straße heran und vorbei und es wehte an dem Etwas eine gelbe Fahne mit einem blauen Totenkopf darauf.

„Was war das?!" entfuhr es Ganschack erschrocken und er fühlte nach der Reserveunterwäsche.

„Das waren Panzerpiraten", erklärte Hendrix lakonisch.

„Und die rauben Leute wie uns gerne aus", ergänzte Erhardt.

„Und die rasseln und quietschen so?" fragte Junifee irritiert.

„Nein, die Panzer, also, das, was du gesehen hast, rasselt. Die Piraten sitzen drin", klärte Ufo auf. „Allmählich glaube ich tatsächlich, dass ihr von einem anderen Planeten seid", fügte er schmunzelnd hinzu.

„Waren das solche wie die Volksmusikanten?" wollte Zeitling genau fürs Protokoll wissen. „Ich meine, wegen der geklauten Gitarre."

„So ähnlich", antwortete Erhardt.

„Ja. Die hier haben Panzer, die anderen Blasmusik", pflichtete Hendrix Erhardt bei.

Und das Dröhnen schwoll erneut an. Von irgendwo im Gelände jenseits der Straße tauchte ein zweiter Panzer auf, allerdings noch in sicherer Entfernung und es wehte eine braune Fahne mit einem grünen Totenkopf darauf an diesem. Und dann knallte es auch schon.

„Was ist jetzt?!" erzitterte Ganschack.

„Die Panzerpiraten sind untereinander natürlich Konkurrenten und deshalb befeindet", erklärte Ufo wirtschaftswissenschaftlich. „Bei einem begrenzten Beutemarkt ..."

„... beschießt man sich eben", fuhr Hendrix fort.

„Wie, beschießen?" fragte Junifee.

„Na, mit Granaten. Die Explosionen dort", klärte Ufo auf.

Granaten hörte Guckguck und wollte hin, seine Verwandtschaft zu begrüßen. Doch Junifee hatte die Situation schon als äußerst gefährlich identifiziert und hielt Guckguck zurück: „Ist pfui! Böse Verwandtschaft! Ganz böse Verwandtschaft!"

„Verwandtschaft? Ach, Guckgucks Verwandtschaft würde ich auch gern einmal kennenlernen. Ich habe gar nicht gewusst, dass er Verwandtschaft auf

Balzmann Drei hat.", meldete sich Cosmander Störenbeker.

„Aber seine Verwandtschaft explodiert!" schrie Junifee Guckguck, also den Cosmander an.

„Pfui, Guckguck, böse, böse Verwandtschaft!" wiederholte der Cosmander und Guckguck piepste traurig.

Derweil explodierte einer der beiden Panzer getroffen und der andere fuhr fort und es wehte eine gelbe Fahne mit blauem Totenkopf an ihm. Ein Überfallanbieter weniger am Markt.

„Hast du das alles protokolliert?" erkundigte sich Junifee.

„Natürlich", antwortete Zeitling kurz vorm Einschnappen.

„Gibt es noch mehr solcher Panzerpiraten hier?" wollte Dokta erfahren.

„Sicher. Die streunen überall herum", antwortete Ufo einmal mehr lakonisch, als sei das alles selbstverständlich.

„Rückzug?" fragte Ganschack Junifee in einem Ton, als wolle er sagen, dass etwas anderes ja wohl nicht mehr in Frage käme unter solch mörderischen Umständen.

„Wir haben einen Auftrag", schmetterte Junifee Ganschacks unterschwelliges Flehen ab.

„Haben wir?" fragte Ganschack rhetorisch nach.

„Ihr habt!" erinnerte eine Stimme energisch aus Guckguck heraus.

So tippelte die kleine Gruppe weiter Empirehausen entgegen, der größten Stadt des Planeten. Oder war der Planet die größte Kugel der Stadt? Alles schien möglich auf *Balzmann Drei*, wo quietschende Piraten unter einem nervösen Smartieshimmel, der zeitweise einem molekular-atmosphärischen, grauen Starrsinn verfiel, explodierten, und wo gehörnte, intelligente Zweibeiner nicht weiter auffielen. Was mochte da erst die Stadt an Geheimnissen und Absonderlichkeiten parat haben! Und das alles für Wissenschaft, Forschung und Gitarre.

Und Guckguck dachte an seine todessüchtige Verwandtschaft und sein Programm verstand nicht und er klagte sein Leid in Ampere dem Cosmander und der versuchte zu trösten, indem er von einem Onkel erzählte, der einen als Erbse getarnten Airbag schluckte, kurz darauf mit der Tante im Bett zusammenstieß, der Airbag sich sogleich aufblähte und der Onkel sich stückweise um die Tante verteilte. Doch einen alten Weltraumsegler, wie es der Cosmander war, konnte das nicht umhauen. Seine Ekelanfälle beim Anblick von geschnetzeltem Fleisch mit roter Soße begründete er mit dem Spinatsyndrom: Man mag es einfach nicht und speit es zurück auf den Teller. Gab es geschnetzeltes Fleisch mit roter Soße auf dem Segelraumschiff, so wunderte der Cosmander sich über die plötzliche Appetitlosigkeit seiner Mitesser.

Und Guckguck verabreichte man eine Elektroschockbehandlung gegen seine Depressionen.

„Pieps!" machte Guckguck nach der Voltdröhnung für seine Bits.

„Ist was?" fragte Junifee besorgt.

Guckguck wirbelte einen Looping, worauf es den Cosmander monitormäßig etwas an geschnetzeltes Fleisch mit roter Soße im Magen erinnerte.

„Alles in Ordnung mit Guckguck", war der Befund der Ärztin Dokta.

„Wirklich?" fragte Ganschack mal vorsichtshalber allgemein in die Runde.

„Seht euch lieber richtig um, wir kommen der Stadt langsam näher", forderte Ufo die anderen auf.

„Kommt im Panzer der Pirat, hilft dem Hendrix nur Spinat", galgenhumorte Erhardt.

„Wenn's die nur wären", murmelte Ufo vor sich hin.

„Was ist denn das schon wieder!" stemmte Junifee die Hände in die Hüften und blickte aufs graue Feld hinaus.

Ein männlicher Eingeborener rannte vornweg, in einigem Abstand dahinter mehrere andere Eingeborene, möglicherweise weibliche, da ganz in rosa gekleidet.

„Die Gruppe da, das ist Ferdinanda Wanderbrust mit ihrer Künstlergruppe *Die Brunfthennen* aus Brüsseldorf. Ich erwähnte die bereits. Sie suchen wieder ein freiwilliges Modell für ihre Kunstform, nämlich den *Scherenschnitt*, erläuterte Ufo.

„Aua!" kommentierte Erhardt trocken und starrte auf die entsprechenden Werkzeuge in den Händen der Künstlerinnen.

„Gehört die Flucht des männlichen Eingeborenen zu dem Gesamtkunstwerk?" erkundigte sich Dokta interessiert.

„Er ist gestolpert!" schrie Hendrix aufgeregt hinaus.

„Leise", zischte Erhardt ihn an, „du machst sie sonst noch auf uns aufmerksam".

„Sie haben ihn!" freute sich Dokta, da sie an solch einer Kunstvorführung teilhaben durfte. „Was geschieht nun?"

Die Brunfthennen fielen über den männlichen Eingeborenen her. Nach geraumer Zeit ließen sie von ihm ab und verzogen sich. Auf dem Boden lag ein zuckender Körper, um den herum sich der graue Boden rot färbte, wie Junifee durch eine Fernbrille erkennen konnte: „Ist das nicht Blut?!" Junifee starrte hin, starrte in die Gegend. Wo blieb ihre überlegene Intelligenz, denn sie verstand nicht. Half Intelligenz auf *Balzmann Drei* denn überhaupt? Nannte Erhardt Hendrix vor kurzem nicht einen Intelligenzallergiker?

„Das Kunstwerk ist vollendet", antwortete Hendrix auf Junifees Frage.

Dokta wollte schon nach dem Kultusminister rufen: „Man muss ihm helfen!" sagte sie dann lieber energisch.

„Nicht eingreifen! Nicht eingreifen!" rief es aus Guckguck. „Hier ist die Gurk Fock! Hier ist die Gurk Fock! Nicht eingreifen!"

„Ja doch!" winkte Junifee ab.

„Ich brauche etwas Zeit, um das alles zu protokollieren", sagte Zeitling. „Vielleicht kann inzwischen jemand mal das Rätsel mit dem gehörnten Phänomen erklären", während Ganschack hinter einem Busch hervorkam und an seiner Hose letzte Schließungen vornahm.

Doch kurz zu dem angesprochenen Phänomen. Die Brunfthennen erhoben Anspruch auf ihr landschaftliches Atelier zur freien Ausübung ihrer Kunstform, eben des Scherenschnittes. Und diesen Anspruch unterstrichen sie, indem sie sich ein Geweih auf den Kopf schnallten. Aus diesem Grund fiel Ganschacks „Geweih" den Eingeborenen auch nicht weiter auf und so war es ja auch geplant. Das Tragen solcher Extremitäten schien auf *Balzmann Drei* nichts Ungewöhnliches zu sein. Nur, es fragte sich jetzt natürlich das Eingeborenen-Trio, weshalb Ganschack solch Geweih trug. Handelte es sich bei ihm etwa um eine getarnte Brunfthenne? Nein! Die würden nach einem Scherenschnitt doch nicht die Unterhose wechseln.

„Besuch!" zeigte Erhardt übers Feld.

Eine kleine Gruppe von Eingeborenen kam auf zweirädrigen Gestellen tretend heran und hielt beim toten Modell.

„Und wer sind die?" fragte Junifee halb gelangweilt, halb verächtlich, halb genervt.

„Das sind harmlose, arme Schlucker. Fahrradpiraten", winkte Ufo desinteressiert ab.

„Die können sich keine Panzer leisten", sagte Hendrix lapidar schon im Gehen.

„Und deshalb plündern die nur Tote aus", ergänzte Erhardt folgend.

„Jemand tot von euch?" grinste Ufo das Exteam an.

„Nein", antworteten alle wie in Trance.

Der Fairness halber muss an dieser Stelle noch ein Sachverhalt klargestellt werden. Es geht um Ganschack, genauer, es geht um sein kleines Mißgeschick. Natürlich hatte er sich vorhin hinter dem Busch keinen Stuhl in die Hose gestellt. So etwas bekam man nicht von Tablettennahrung, die genau aus diesem Grunde auf Expeditionen verabreicht wurde. Ganschack hatte nur das Gefühl als ob. Der U-Wechsel entsprach eher einer psychologischen Säuberung, eine Art nervlicher Entleerung.

„Wir sollten jetzt wirklich in die Puschen kommen", drängte Ufo, „um möglichst vor der Dunkelheit im Lager vor der Stadt zu sein. Weshalb, muss ich wohl nicht näher erläutern", nickte er mit seinem Kopf zum Toten auf dem Feld hinüber. „Und da wir allmählich der Stadt näherkommen, solltet ihr euren Guckguck irgendwo verstecken. Der verursacht nur eine Panik unter den Leuten".

„Wieso?" fragte Junifee naiv, aber intelligent und hübsch.

„Habt ihr uns vorhin nicht rennen sehen, als euer Guckguck auftauchte?" begründete Hendrix beweiskräftig.

Junifee sah das ein und orderte Guckguck zu sich: „Gurk Fock, bitte melden, hier Exteam, hier Junifee", wobei sie die letzten beiden Wörter beinahe sang.

„Hier Cosmander Störenbeker", funkte dieser aufgeregt retour, „was gibt's für mich! Haben Sie den Präsidenten getroffen?! Hat er eine Botschaft für mich?! Melden! Melden!"

„Nein", kam Junifees trockene Antwort. Es geht darum, dass Guckguck, also dass die Eingeborenen hier Angst vor Guckguck, also vor Granaten haben".

„Angst?!" rief der Cosmander kopfschüttelnd. „Die wissen auf *Balzmann Drei* wohl auch nicht was sie wollen. Erst lassen sie die Dinger fliegen und dann haben sie plötzlich Angst davor". Winzige Pause. „Aber Guckguck ist doch harmlos – oder?"

„Guckguck schon. Aber das können die Eingeborenen hier nicht unterscheiden. Denken Sie nur an seine Verwandtschaft", belehrte Junifee ihren Vorgesetzten.

„Die explodierende", erinnerte sich der Cosmander.

„Genau die", bestätigte Junifee.

„Also gut. Schalten Sie meinen Monitor ab und stecken Sie mich in den Rucksack, ich meine Guck-

guck. Ende", schloss der Cosmander anordnend, als
sei das sein Vorschlag gewesen.

„Ende", sagte Junifee, „tschüss", und verstaute
den Cosmander, äh, Guckguck in Zeitlings Rucksack.

Cosmander Störenbeker war ein Kunstbanause.
Er mochte das Werk „Scherenschnitt im grauen
Feld" absolut nicht leiden und war deswegen in die
Firma Würgmann & Spei eingetreten, hatte dort ei-
nen kräftigen Einstand gefeiert.

Mittlerweile ging es ihm wieder gut und da er
momentan bei der Expedition auf *Balzmann Drei*
nicht behilflich sein könnte, wollte er die Zeit nutzen. Und was lag näher als eine zünftige Schiffsinspektion.

„Da ich momentan aus taktischen Gründen bei
der Expedition auf *Balzmann Drei* nicht behilflich
sein kann, dachte ich mir, wir nutzen die Zeit zu
einer Schiffsinspektion", sagte der Cosmander zu
seinem Schiffsinspektionsoffizier, kurz Sio und
wandte sich vom großen Bullauge in seiner Kapitänskabine ab und dem Sio zu, der ganz in weiß gekleidet war, schließlich hatte er für Klarschiff zu
sorgen. Der Cosmander trug die ganze Zeit den oberen, pulloverähnlichen Teil in gurkengrün, dazu eine
schwarze Hose und schwarze Stiefel und extra zum
Zwecke der Inspektion eine weiße Kopfbedeckung,
wie man sie im allgemeinen in Segelraumschiffen zu
solchen Anlässen zu tragen pflegt.

„Sio, ich schlage vor, wir inspizieren zuerst einmal die Kombüse. Jetzt, wo Junifee dort nicht mehr arbeitet ...", sprach der Cosmander.

„Welche Junifee? Dort hat nie eine Junifee gearbeitet", unterbrach Sio mit nachdenklicher Mimik.

„Nicht gearbeitet? Was hat sie dann den ganzen Tag dort gemacht?" fragte der Cosmander interessiert nach.

„Es gab nie eine Junifee in der Kombüse", bestätigte der Sio sich selbst.

„Und wer hat gekocht?" wunderte sich der Cosmander.

„Bruzzel Koch, der Chefkoch und seine Kollegen", klärte der Sio auf.

„Und Junifee hat dann abgewaschen", ließ der Cosmander nicht locker.

„Es gab zu keiner Zeit, seit dem Urknall, einfach nie eine Junifee in der Kombüse!" wurde der Sio ärgerlich.

„Vielleicht als Bruzzel Koch getarnt", spekulierte Cosmander Störenbeker kriminalistisch.

„Nie! Nie!" schrie der Sio verzweifelt.

„Gut, sehen wir mal nach", entschied der Cosmander.

„Das ist Bruzzel Koch", informierte der Sio den Cosmander, als sie in der Kombüse angekommen waren.

Der Cosmander schlich durch den von Essensdüften erfüllten Raum, spähte in Töpfe und musterte dabei immer wieder den Chefkoch, der dies bemerkte, allmählich von Nervosität befallen wurde, und hektisch in seinen Töpfen rührte. Dann trat der Cosmander hinzu, spähte wieder in Töpfe und Pfannen: „Kennen Sie Junifee?" blickte der Cosmander den Chefkoch schräg von unten an.

„Soll ich das für Sie zubereiten?" fragte Bruzzel Koch zurück. „Ich bräuchte aber das Rezept."

„Nein, danke, schon gut", winkte der Cosmander ab, schlug dem Chefkoch dabei leicht auf die Schulter. „Sieht aus wie geschnetzeltes Fleisch da in der Pfanne."

„Mit roter Soße", ergänzte Bruzzel Koch.

Auf dem Gang draußen kam der Cosmander wieder zu sich.

„Geht's wieder?" fragte der Sio nach dem Befinden seines Vorgesetzten.

„Geht schon, geht schon", erholte sich der Cosmander. „Eine Junifee ist in der Kombüse tatsächlich unbekannt."

„Na, sehen Sie, sagte ich doch", atmete der Sio erleichtert auf.

„Aber vielleicht hat sie ja nachts heimlich gekocht", flüsterte der Cosmander in ein Gesicht neben sich, das nicht mehr aus diesem Universum stammte.

„Ich schlage vor", rieb sich der Cosmander das Kinn, in schwierigste Überlegungen verstrickt, den

Gang zur einen, dann zur anderen Seite entlang blickend, „dass wir einmal ... einmal meine Kapitänskabine inspizieren sollten. Was macht eigentlich Ihre Frau?" erkundigte sich der Cosmander auf dem Weg.

„Die war doch die Expeditionsleiterin auf Planet Blaumann Spezial", antwortete der Sio bedrückt.

„Ach ja, richtig. Dumm gelaufen damals", erwiderte der Cosmander bedauernd, „aber wer konnte schon ahnen, dass es auf Blaumann Spezial strafbar ist, in schnullergrau herumzulaufen. *Balzmann Drei* hat so ein hübsches Prositblau, das hätte wohl besser gepasst."

„Meiner Frau gelang ja noch die Flucht mit ihrem Team im Beiboot", erzählte der Sio mit einer Stimmlage zwischen Hass und Heulen.

„Na sehen Sie", lächelte der Cosmander.

„Aber Sie waren mit der Gurk Fock verschwunden!" brüllte es zornig aus dem Sio heraus.

„Ja, wissen Sie, lieber Sio", legte der Cosmander seinen Arm freundschaftlich um jenen, „wir erhielten von Blaumann Spezial eine schlimme Drohnung per Funk. Wir sollten uns mit unserem schnullergrauen Wrack, so diese Dummdödel von Blaumann Spezial, schleunigst verziehen, sonst würden sie uns zu den Haien schicken. Was sollten wir tun, lieber Sio", bat der Cosmander um Verständnis.

„Aber im Weltraum gibt es gar keine Haie. Im All schwimmen überhaupt keine Fische. Nur Sterne, Planeten und Staub!" brach es aus dem Sio erneut heraus.

„Ach, wenn Sie mir das bloß früher gesagt hätten, lieber Sio", löste sich der Cosmander wieder von dem Offizier.

„Was dann?" fragte der Sio bissig.

„Dann hätte ich doch mein Angelzeug gar nicht erst mitgenommen, wo ich Angeln sowieso hasse. Man steht da wie blöd mit dem Stöckchen in der Hand an der Reling. Aber von einem Kapitän erwartet man so was, zumindest, dass man so tut als ob. Können Sie ermessen, welch einem Stress ich ausgesetzt bin? Und was hat Junifee mit Bruzzel Koch zu tun? Hat sie etwa von ihm einen Braten in der Röhre? Und dann, lieber Sio ..."

„Und was ist das für ein dunkles Gebirge, das sich dort am Horizont andeutet?" fragte Dokta die drei Eingeborenen. Die Landschaft blieb relativ flach, man konnte also weit blicken, so es Nebel und Bewuchs zuließen.

„Das ist kein Gebirge. Das ist Empirehausen", antwortete Erhardt aufgeregt.

„Ja, ihr Volksmusikanten, jetzt ist Schluss mit Schunkeln! Wir kommen!" rief Hendrix aus und Ganschack wurde bleich wie seine neue Unterhose.

„Kann ich mal deine Fernbrille haben?" fragte Ufo Junifee. Er wollte ein wenig die Lage peilen.

Junifee suchte und kramte und antwortete: „Mist, die habe ich wohl irgendwo verloren".

„Welch dramaturgische Einlage", schmunzelte Zeitling vor sich hin.

„Wie?!" drehte sich Junifee zornigen Blickes zu ihm herum.

„Ich meine ja nur, gerade jetzt, wo wir die Fernbrille brauchen könnten, ist sie plötzlich weg", rechtfertigte Zeitling treudoof seine Bemerkung.

Junifee war langsam auf den Protokollführer zugegangen, ihn nicht aus den Augen lassend. Dann stand sie vor dem jetzt nervös auf den Boden blickenden, körperlich sowieso etwas kleineren Zeitling. Sie stemmte ihre Hände in die Hüften: „Du erlebst gleich ein echtes Drama! Hast du alles protokolliert?!"

„Die verlorene Fernbrille auch?" blinzelte Zeitling von unten einen winzigen Hauch schelmisch.

Junifee räusperte sich, stieg von einem Bein aufs andere, guckte unmotiviert in die Gegend: „Gute Arbeit, Zeitling. Ich werde dich beim Cosmander lobend erwähnen."

Die Landschaft füllte sich allmählich mit Eingeborenen, teils lumpig, teils futuristisch und teils von der Stange bekleidet. Auch Landstreicher tummelten sich, denen allerdings bis auf grau, schwärzlich und grimmelig die Farben ausgegangen waren. Hier und da wackelten ein paar kleine Hütten, zitterten Zelte oder flackerten kleine Feuerchen. Straßenkreuzungen und -abzweigungen häuften sich, ebenso knatternde, vierrädrige Vehikel, die auf den Straßen fahrend, stehend oder als Unfall vorkamen.

Das Exteam fiel nicht weiter auf unter den Eingeborenen, selbst ihre kleinen Geräte nicht, da ähnliches auch in der Gegend herumlag. „Schrott" nannte Ufo das Zeugs. Es schien auch keinen Eingeborenen zu wundern, dass Junifees Gruppe „Schrott" transportierte.

Empirehausen lag nach wie vor in weiter Ferne, ein dunkles Gebirge, das Kilometer um Kilometer anwuchs, dass es den Sicherheitsbeauftragten Rambini Ganschack schauderte. Wie sollte er nur seine Gruppe gegen dieses wachsende Monster dort am Horizont schützen, dazu die wachsende Zahl der Eingeborenen. Ganschack beargwöhnte die Lage, die immer undurchsichtiger erschien, immer weniger kontrollierbar.

Nur die kleinen Feuerchen und Schrotthaufen, ein paar Vehikel und Kleidungsstücke der Eingeborenen brachten etwas Farbe in die Landschaft.

„Atmosphäre weiterhin relativ stabil. Keine Risikofaktoren in der Atemluft", dozierte Dokta wissenschaftlich.

„Diese Schrotthaufen hier überall ..."

Ufo unterbrach Dokta: „Ja, nicht, das ist toll. Das haben wir von unseren Vorfahren übernommen und pflegen diese Tradition weiter".

„Und wie nennt man diese Tradition?" fragte Junifee, eher verächtlich in die Runde blickend.

„Mülltrennung", sagte Ufo stolz. „Wie ihr seht, trennen die Leute den Müll doch einigermaßen gut. Hier vorne gleich ein Schrotthaufen mit gelbem Müll, dort hinten ein roter, da ein grüner, wieder ein gelber. Sieht doch sauber und geordnet aus und bringt ein wenig Farbe in die Sache, beinhaltet also auch einen gewissen Erholungswert, schafft mehr Lebensqualität."

Dokta jedoch verstand diese Form der Mülltrennung nicht und machte sich Gedanken über das Bildungssystem auf diesem Planeten. Oder handelte es sich nur um eine konkurrierende Religion zu Nudelbusch? Aus Richtung Empirehausen grollte es intensiver und bedrohlicher, zumal sich die Entfernung zur Stadt auch permanent verringerte.

Vielleicht sollte die Bevölkerung mehr opfern, dann bräuchte Nudelbusch auch nicht soviel zu grollen. Die Schrotthaufen jedenfalls grollten nicht und warfen auch nicht mit ihren Bestandteilen um sich, wenn ein Eingeborener mal Rot zu Blau opferte, dachte Dokta so vor sich hin. Blutrot lag eine Schere auf einer gelben Fahne mit blauem Totenkopf am Straßenrand. Und in einiger Entfernung parkte der dazu gehörige, brennende Piratenpanzer.

Wenn man mit der Schere den blauen Totenkopf aus dem gelben Stoff herausschneiden würde, könnte man diesen Müll schon mal ganz gut trennen, sinnierte Dokta imVorbeigehen.

„Ganschack, wo bleibst du?!" rief Junifee nach hinten.

Der war stehengeblieben und starrte entsetzt auf die Fahne, die Schere, den Panzer. Dann bemerkte er, dass die Gruppe sich entfernte. Schleunigst legte er einen kleinen Sprint ein und sicherte sich mit der Gruppe nach vorne ab.

„Empirehausen. Welche Geschichte hat die Stadt?" fragte Junifee Ufo an der Spitze der Gruppe.

„Allmählich glaube ich, ihr seid wirklich nicht von hier", neckte Ufo. „Also gut. Vor langer Zeit tobte auf diesem Planeten der Große Krieg. Alles wurde kurz und klein gehauen, die Planetenbevölkerung auch. Danach entstand ein Weltstaat, der vom Dicken Tator übelst regiert und beherrscht wurde".

„Wer?!" fragte Junifee ungläubig nach.

„Dicker Tator, so hieß der. Jedenfalls ließ der Empirehausen als Zentrum seiner Macht erbauen. Dann gab es Befreiungskriege, es bildeten sich wieder kleinere Staaten, die wieder Kriege um die Macht gegeneinander führten, wobei Empirehausen natürlich immer die Hauptrolle spielte. Das war vor etlichen hundert Jahren. Seitdem ist es auf diesem Planeten so, wie es jetzt ist", beendete Ufo sein geschichtliches Referat.

„Und wer regiert heutzutage, welche Staaten gibt es?" hakte Junifee interessiert nach.

„Keine Ahnung, wer regiert. Aber ein paar Staaten habt ihr doch schon kennengelernt", antwortete Ufo.

„Haben wir?" fragte Junifee nachdenklich.

„Die Panzerpiraten, Brunfthennen, Fahrradpiraten und auch die Entführer, diese Volksmusikanten sind ein Staat", zählte Ufo die Weltordnung seines Planeten auf.

„Und ihr drei seid dann auch ein Staat", folgerte Junifee.

„Sicher. Hendrix macht die Musik, Erhardt die Texte und ich bin ihr Manager", erklärte Präsident Ufo.

„Vorsicht, alles in den Graben!" schrie Ganschack von hinten. Die anderen sechs drehten sich gelangweilt um, da sie Ganschacks Nervosität mittlerweile kannten. Wenn der warnte ... Geschlossen sprang die Gruppe zu Ganschack in den Graben.

„Kann man den Graben mieten? Ich fühle mich schon ganz zuhause hier", merkte Erhardt prustend an.

„Ach, ein MERPORFO ITG", sah Ufo die Straße hinauf, wusch, dann hinunter.

„War das nicht ein Vehikel", hatte Dokta richtig analysiert.

„Ja, aber der besonderen Art. MERPORFO ITG ist wieder solch ein Staat. Und die Mitglieder des Staates rasen die Straßen entlang und suchen Nebel", erklärte Ufo schleierhaft.

„Müssen die sich verstecken? Flüchten die etwa vor den Brunfthennen?" fragte Ganschack aufgeregt nach.

„Ja, warum Nebel?" musste sogar die Universalwissenschaftlerin Dokta erstaunen.

„Und man sieht so wenig darin", schauderte es Rambini Ganschack.

„Nebel ist ihr Treffpunkt, nein, ihr Zuhause. Da wollen sie immer schnellstens hin", erläuterte Hendrix.

„Toll! Und was machen die da? Was gibt es da so Interessantes, dass sie immer so schnell da hin wollen", blieb Junifee hartnäckig.

„Dort machen sie meistens *rumms*!" klatschte Erhardt seine Hände zusammen.

„Rumms!" wiederholte Dokta, die dieses Wort für äußerst unwissenschaftlich hielt.

Plötzlich in einiger Entfernung auf der Straße in einer Nebelbank: Schepper, knall, klirr!

„Das ist *rumms*!" zeigte Erhardt zur Nebelbank.

„Jetzt sind wieder zwei zuhause", beendete Hendrix den Exkurs in die Welt der MERPORFO ITGs. Den Rest würden die Fahrradpiraten und Kannibalen erledigen.

„Bin ich noch heil?!" schrie es aus Zeitlings Rucksack, der sich bei der Aktion geöffnet hatte, so dass man den Cosmander, der seine Schiffsinspektion abgeschlossen hatte, hauchdünn verstehen konnte. „Ich meine, ist Guckguck heil, ich habe bei euch Krach gehört?!"

„Alles in Ordnung!" schrie Junifee in Zeitlings Rucksack, dass Cosmander Störenbeker so gut hörte wie nie zuvor, besonders ein Rasseln, das er vorher noch nie vernommen hatte.

Weshalb sich jemand mit einem Rucksack unterhielt? Einigen umherstehenden Eingeborenen schien das anfangs suspekt. Doch es schien nicht ansteckend und es geschah auch weiter nichts Gefährliches, so dass man es unter autopsychotherapeutische Akustikstimulation einstufte, kurz, es waren die Nerven.

„Weshalb schreien Sie denn so?!" schrie Störenbeker Junifee fragend an.

„Weil Sie so schreien!" antwortete Junifee in den Rucksack.

Oh, des Cosmanders Orchester in seinen Ohren wurde bereichert durch ein sattes Rauschen.

„Ich höre Sie kaum noch, mein Orchester wird immer umfangreicher. Ich höre soviel noch nie Gehörtes!" schrie der Cosmander.

„Ist es so besser?!" drehte Zeitling seinen Kopf nach hinten. Seine Stimme war natürlich weiter von Guckguck entfernt als die von Junifee, die direkt in den Rucksack schrie.

„Ist es was?!" brüllte der Cosmander.

„Besser! Die Entfernung so besser! Ich meine die Lautstärke?!" rief Zeitling nach hinten.

„Mein Orchester spielt besser, ja danke der Nachfrage!" brüllte der Cosmander.

„Und Ende!" schrie Junifee in den Rucksack, dass sich zu des Cosmanders Orchester in seinen Ohren noch ein Wiehern gesellte.

„Das war nicht so gut!" überschlug es sich aus Guckguck heraus.

„Bis später!" schloss Junifee die kleine Konferenz mit dem Cosmander und den Rucksack dazu.

„Brr schusch uig!" grummelte es aus dem Beutel auf Zeitlings Rücken.

„Und ich dachte, wir sind verrückt", kommentierte Erhardt diese etwas ungewöhnliche Art der Kommunikation.

„Wollen wir nicht langsam weiter, es dämmert bereits", drängte es Hendrix zu seiner entführten Gitarre.

Aus Zeitlings Rucksack grummelte es erneut, auffordernd, treibend. Der Cosmander schien Hendrix voll zu unterstützen.

Eine Lehre für das Exteam: Cosmander Störenbeker konnte auch durch den geschlossenen Rucksack hören, was außerhalb akustisch vor sich ging, vorausgesetzt, sein Orchester machte einmal Pause. Das Exteam allerdings konnte bei geschlossenem Rucksack den Cosmander nicht verstehen. Wozu auch.

So setzte die Gruppe ihren Marsch Richtung Empirehausen fort, das, je mehr es zum Gebirge wuchs, sich gleichermaßen in Nebel hüllte, Kilometer um Kilometer. Doch das Orchester des Cosmander spielte keinen Marsch dazu. Geschlossene Gesellschaft zwischen zwei Ohren.

Die Dunkelheit war mittlerweile hereingebrochen, von Empirehausen kaum etwas zu sehen, es war ja dunkel, dazu der Nebel. Vereinzelt flimmerte Licht durch den feuchten Schleier, doch man sah nur schemenhaft etwas riesiges Dunkles.

Die Lagerfeuer mehrten sich, überhaupt herrschte lebhaftes Treiben umher, soweit man es erkennen konnte, es war ja dunkel, dazu der Nebel.

„Was ist das denn für Straßenbeleuchtung?" blinzelte Dokta in den Nebel.

„Das sind Kriminelle, Mörder, Diebe, eben alles, was man so greifen kann und die hängt man abends mit den Füßen nach oben an diese Stangen und zündet sie bei Dunkelheit an", erklärte Ufo fachmännisch, wie auf einer Führung durch ein Kraftwerk.

„Das ist aber praktisch. So ist man die los und hat Licht", befand Dokta.

„Aber einige Leuchten zappeln ja noch rum!" entsetzte sich Ganschack.

„Nicht mehr lange", hob Hendrix den rechten Zeigefinger, „die sind schnell abgebrannt".

„Und um zehn Uhr wird hier sowieso das Licht ausgemacht", ergänzte Ufo.

„Zum Glück verknebelt man denen die Münder", zeigte Hendrix zu den teilweise immer noch zappeligen Leuchten.

„Wieso?" fragte Zeitling sachlich fürs Protokoll.

„Wegen der Nachtruhe", antwortete Erhardt lapidar.

„Da wären wir. Die Nacht über lagern wir vor der Stadt", verkündete Ufo.

Man ging also aufs Feld, suchte ein freies Plätzchen inmitten der anderen Lagernden.

„Und nun?" blickte sich Junifee ratlos um, nachdem sie ein freies Plätzchen gefunden hatten.

„Habt ihr nichts dabei?" staunte Hendrix.

„Was?" machte Junifee große Augen.

„Wenigstens einen Schlafsack oder Decken oder so", kopfschüttelte Ufo innerlich.

„Wir tragen wetterfeste Kleidung", erklärte Junifee stolz.

„Also gut. Erhardt, unser Zelt für die vier. Wir haben ja noch unsere Schlafsäcke", entschied Ufo kurz und bündig, wollte endlich zur Ruhe kommen.

„Und wenn es regnet?" winselte Erhardt zurück.

„Heute Nacht wird es nicht wässern und morgen auch nicht und überhaupt hat es hier schon lange Zeit nicht mehr gewässert", teilte Dokta ihre meteorologische Analyse mit.

„Ich meine ja nur", half Erhardt angeschmollt beim Zeltaufbau.

Dann war das kleine Lager bereitet, das Feuerchen entfacht und von dem wie unsichtbaren Empirehausen her grollte Nudelbusch noch einmal zum Opfergang. Die Ufo-Gruppe packte ihre Wegzehrung aus, Dokta die Tablettennahrung für das Exteam.

„Wir brauchen Wasser für die Tabletten", erschrak Dokta und Zeitling hatte erneut eine Schlamperei bei der Vorbereitung der Expedition zu protokollieren.

„Frisches Wasser, abgefülltes frisches Wasser!", kam ein Wasserhändler zufällig am Lagerplatz vorbei.

Ufo zahlte für das Exteam, da Gurkentaler auf *Balzmann Drei* nicht angenommen wurden. Auch alles weitere wollte die Ufo-Gruppe zahlen, zahlte sich das Exteam gitarrenbefreiungsmäßig aus. Doch was, wenn sich das Exteam als unbezahlbar herausstellte? Müsste man Hendrix´ befreite Gitarre gleich wieder zur Begleichung der Rechnung an die Volksmusikanten verkaufen? Vielleicht würde ja Nudelbusch Rat wissen. Aber Hendrix wollte sich nicht opfern lassen und was half dann auch die Gitarre noch, ohne den geopferten Hendrix. Gute Nacht. So prasselte das Lagerfeuer, um das herum alle schweigend saßen, dazu der feuchte Nebel, die romantische Straßenbeleuchtung und nebenan wurde der Nachwuchs erwürgt. Ufo überkam so eine gewisse Stimmung.

„Junifee?" flötete er anfragend in ihr Ohr.

„Ja?" hauchte sie ihm tief in die Augen, dann wurde es zappenduster.

Laternen und Lagerfeuer erloschen auf einen Schlag wie ausgeknipst. Ein langgezogenes „Ooooh!" murmelte, raunte, erboste sich enttäuscht durchs Lager.

Zehn Uhr! Licht aus!

Die Siebenergruppe sortierte sich stolpernd und fluchend, Junifee erreichte erst einiges später das für das Exteam vorgesehene Zeltinnere.

Hatte sie den Schalter für das Lagerfeuer gesucht? Nein, sie war zu intelligent, den in Ufos Hose zu suchen. Das Rätsel ihrer Verspätung wurde nie gelöst, *Balzmann Drei* barg ein weiteres Geheimnis und niemals wurde Junifee darauf angesprochen, auch nicht von Cosmander Störenbeker, denn der erfuhr von dem Vorfall gar nicht erst. Doch von was für einem Vorfall überhaupt? Eingreifen in das balzmännische Geschehen war verboten. Doch man suche mal den Lichtschalter eines fremden Lagerfeuers auf einem fremden Planeten und das noch bei Nacht und Nebel. Das muss ja in die Hose gehen.

Doch irgendwann hatte sich Junifee sortiert und gesellte sich zu den anderen des Exteams ins Zelt, während die Ufo-Gruppe vor dem Zelt in ihren Schlafsäcken campierte.

„Ich frage mich, welchen Energiegehalt die Straßenbeleuchtung da draußen hat und ob elektrische Energie nicht effektiver wäre?" fragte sich Dokta in den Schlaf.

„Und hoffentlich haben die genug eigene Kriminelle", sorgte sich der Sicherheitsbeauftragte Rambini Ganschack.

„Wie meinst du das!" fuhr Zeitling ahnend hoch, da er schon lag.

„Beruhigt euch", beruhigte Junifee. „Unsere Ausgehkleidung ist feuerfest".

„Auch unsere unbekleideten Köpfe?" erinnerte Ganschack und er musste viele Gurkenscheiben zählen, bis er eingeschlafen war.

Auf der Gurk Fock herrschte mittlerweile auch Nachtruhe, bis auf die Bordwache und Cosmander Störenbeker, der in seiner Kapitänskabine entspannt an seinem Schreibtisch saß und seinem Orchester lauschte. Aber das Wiehern tönte zu laut, lauter, schwoll an. Schlechter Dirigent heute Nacht, dachte der Cosmander und das Wiehern übertönte Rasseln und Rauschen.

„Captain Pferd von der Entenprize ruft die Gurk Fock! Cosmander Störenbeker, schlafen Sie schon?!" brüllte es aus der Funksprechanlage, die in den Schreibtisch des Cosmander integriert war.

Endlich realisierte Störenbeker, dass dieses Wiehern nicht zu seinem Orchester gehörte. Er beugte sich zur Funksprechanlage vor: „Hier Cosmander Störenbeker. Hallo Captain Pferd, was liegt an?"

Die „Entenprize" war ein Vergnügungsdampfer, der zur modernen, gelben Badeenten-Klasse gehörte. Das Schiff war etwa doppelt so groß wie die Gurk Fock und wurde von einer digitalen Zeitquetschung der zehnten Dimension angetrieben.

„Ich bin gerade auf dem Weg nach Ballermann Sieben", antwortete Captain Pferd. „Aber kann es sein, dass sich in Ihrer Kabine ein rauschendes Meer befindet, in dem eine Rassel wiehert?" erkundigte sich Captain Pferd in die Funksprechanlage lauschend.

„Ach, nur ein Privatkonzert in meinem Kopf", winkte Musikfreund Störenbeker ab.

„Ich wusste gar nicht, dass Sie auf Free-Jazz stehen. Und bei Blaumann Spezial soll Ihnen ein Beiboot verlorengegangen sein?" fragte Captain Pferd neugierig.

„Och, verloren. Heute morgen ist im Hangar Guckguck in ein Beiboot geknallt. Wumms! ist uns das um die Ohren geflogen. *Das* ist verloren", informierte der Cosmander.

„So, ist schon spät. Das Wurmloch schließt bald", wollte Captain Pferd das Gespräch beenden.

„Das kostet ja hundert Gurkentaler Maut", klärte der Cosmander auf.

„Was?!" rief Captain Pferd aus.

„Das Wurmloch wurde doch schon vor zwei Lichtjahren privatisiert. Es gehört jetzt einem gewissen Schuhverkäufer All Brandy", wusste der Cosmander zu berichten.

„Das ist ja entsetzlich! Können Sie mir die hundert Mäuse pumpen? Ich beame die Ihnen übermorgen zurück", bat Captain Pferd.

„Würde ich schon, kann ich aber nicht. Die Bordkasse klemmt und unsere Ärztin befindet sich zur Zeit auf *Balzmann Drei*", musste der Cosmander den Captain enttäuschen.

„Ein Alien namens Guckguck, eine wiehernde Rassel und eine Ärztin, deren Patientin eine Bordkasse ist", murmelte Captain Pferd vor sich hin.

„Bitte?!" rief der Cosmander ins Mikrofon.

„Ich sagte, ich muss losplantschen, die Passagiere wollen nach Ballermann Sieben. Wissen Sie, ob die Milchstraße auch schon privatisiert ist?" drängte Captain Pferd jetzt etwas.

„Noch nicht", antwortete Cosmander Störenbeker.

„Dann muss ich die nehmen. Also bis dann", verabschiedete sich der Captain vergeblich.

„Aber dort ist Geschwindigkeitsbegrenzung", informierte der Cosmander.

„Seit wann das denn?" seufzte der Captain.

„Seit die Straße zu Buttermilch wurde", erklärte der Cosmander. „Es heißt, All Brandy stecke dahinter. Schön' Feierabend noch und quietschen Sie Ihre Ente nicht zu dolle. Ende", verabschiedete Cosmander Störenbeker Captain Pferd von der „Entenprize".

Kapitel 3

EMPIREHAUSEN

„Aufstehen!" steckte Ufo seinen Kopf in das frühmorgendliche Zelt. Seine Gruppe hatte bereits gefrühstückt und zusammengepackt. Die Mitglieder des Exteams erwachten, wie man morgens überall seit dem Urknall zivilisiert erwacht: „Ja, ja", gähn, muffel, eben das ganze lustlose Programm. Eventuell war Junifee die lustvolle Ausnahme. Doch es wurde bereits erwähnt, dass jener Vorfall nie wieder Thema war im ganzen Universum. Die Expeditionsteilnehmer pfiffen sich noch die Frühstückspillen rein und krochen dann nacheinander aus dem Zelt, wobei die Reihenfolge unerheblich für den weiteren Verlauf der Ereignisse war. Erhardt und Hendrix begannen sofort mit den Zeltabbrucharbeiten, während Junifee schlaftrunken wahllos in die linksseitige Gegend blickte: „Iiii! Was ist das?!" starrte sie zum Nachbarzelt, wo mehrere Eingeborene den am Vorabend erwürgten Nachwuchs aufschnitten und ausweideten.

„Frühstück!" rief Erhardt, während er über ein paar Schnüre stolperte.

„Der Lütte musste über Nacht erst ausbluten und ein wenig abhängen!" fachsimpelte Hendrix und stolperte über Erhardt.

„Ja, schon, aber gebratene Innereien schon so früh am Morgen", schüttelte sich Junifee.

„Aber schön zart!" rief Erhardt genussvoll und erhob sich, da er das Zelt und nicht die Arbeit abbrechen sollte.

„Und wieso gebraten?!" erhob auch Hendrix sich und grinste Junifee an.

Ganschack kämpfte mit der Frühstücktablette, der es diesen Morgen nicht so gut in seinem Magen zu gefallen schien.

„Soll ich das Rezept besorgen und protokollieren?", sprach Zeitling Junifee an und nickte dabei zum Nachbarzelt.

„Nicht nötig", winkte diese ab. „Bei uns zuhause würden uns ja die Zutaten fehlen.

Dann streifte ihr Blick schlaftrunken wahllos in die rechtsseitige Gegend. Und da war es. Ein monströses Panorama eröffnete sich ihren Blicken und denen der anderen des Exteams. Kein Nebel, keine Dunkelheit, kein Kleineingeborenengeplärre vom Nachbarzelt verhüllten das Ziel: Empirehausen.

Ein schwärzlich-moderbrauner Brocken, der sich in vielleicht zwei Kilometer Entfernung in einer nach wie vor grau-grimmeligen Landschaft unter einem immer noch schmuddelgrauen Himmel erhob.

Die Stadt war gebaut wie eine Stufenpyramide. Sie begann einfach, hatte keine Vorstadt, keine Stadtentwicklung. Um die Stadt herum zog sich eine Ringstraße, in welche die Landstraßen mündeten, wie jene, auf der auch die Gruppe anmarschiert war. Von dieser Ringstraße führten dann Zufahrtsstraßen von allen Seiten her gerade in die Stadt, vielleicht alle achtzig Meter eine, jedoch nicht an den vier Stadtecken, die wurden von Häusereckblocks gebildet. Der ganze Stadtkomplex mochte eine Seitenlänge von fünf Kilometern aufweisen. Der erste, also äußere Häuserstufenblock (oder Ring) war dreigeschossig. Die Straßen führten nun also gerade hinein und teilten den Häuserring eigentlich erst in Blocks.

Nach etwa achtzig Metern mündeten diese Straßen in eine Rundum-Querstraße, an die sich die nächste Häuser- oder Blockstufe, immer zwei Geschosse höher als die vorherige, anschloss. Auf dieser Rundum-Querstraße angekommen, ging man dann rechtwinkelig nach rechts oder links und bog nach etwa vierzig Metern, wollte man weiter ins Stadtinnere, entsprechend wieder rechtwinkelig um die Ecke, gelangte nach achtzig Metern an die nächste Rundum-Querstraße, die nächste Häuser-Block-Ring-Stufe usw. Die Straßen verliefen also nicht schachbrettartig, durchschnitten die Stadt also nicht gerade von einem Ende bis zum anderen, sondern sie verliefen in einem systematischen Zickzack. Nur die Rundum-Querstraßen verliefen natürlich gerade um die Stufen herum. Im Zentrum der Stadt erhoben sich vier riesige Hochhäuser, welche die Stufenblöcke um etliches überragten. Diese vier Gebäude standen in einem Quadrat zueinander, allerdings nicht geschlossen, sondern an den Ecken scheinbar von Straßen durchschnitten.

Das Lager nun zog sich um diese Stadtpyramide, jedoch nur außerhalb der Ringstraße. Zwischen Ringstraße und Stadt befand sich nichts außer den Zufahrtsstraßen und auf denen Eingeborene, welche der Stadt entgegenstrebten oder sie verließen. Weitere Informationen zu Empirehausen erhalten Sie bei: BRUNFTHENNEN, Brüsseldorf, *Balzmann Drei*.

Bitte mit frankiertem Rückumschlag.

„Kann Guckguck nicht mal raus und erkunden? Er könnte ja in die Höhe und sieht mehr als wir", fragte Junifee Ufo.

„Bloß nicht dieser Granatenverschnitt", wehrte Ufo ab.

„Das gibt ´ne Panik schon am frühen Morgen", wehrte auch Hendrix ab.

„Genau", musste natürlich auch Erhardt noch abwehren.

„Ch mcht uch al w hen!" grummelte es aus Zeitlings Rucksack heraus.

„Ist der auch schon wach?", raunte Junifee in die Runde und dann etwas deftiger in den jetzt von ihr geöffnete Beutel: „Guten Morgen, Cosmander!"

Nach diesem Morgengruß begab sich, sozusagen als Taktgeber, ein Klopfen zum Orchester des Cosmander und er wunderte sich, wie er früher ohne all diese lieblichen Geräusche überhaupt hatte leben können und was er noch alles nicht mehr hören würde.

„Ich möchte auch mal was sehen, habe ich gesagt!" krächzte es aus Guckguck.

„Später, jetzt ist es zu gefährlich", milderte Junifee ihre Tonlage. „Denken Sie an die hier entstehende Panik, die durch eine Granate ausgelöst wird und wir sollen doch nicht eingreifen."

„Nein, nicht eingreifen!", entsetzte sich der Cosmander. „Ich schlafe dann eben noch ´ne Runde, ich meine, ich schaffe dann erst mal ´ne Stunde. Morgen allerseits!"

Die Gruppe lud ihre Ausrüstung auf sich und marschierte Richtung Empirehausen. Man überquerte die Ringstraße und Ufo suchte eine bestimmte Zufahrtsstraße zur Stadt aus, die so halbrechts lag.

„Gibt es einen Grund für diese Straße?", fragte Junifee und begutachtete die Eingeborenen ringsum.

„Wenn wir in der Stadt sind, nehmen wir immer ein bestimmtes Hotel. Das liegt im zweiten Ring, also ziemlich am Rande und über diese Straße kommen wir am schnellsten hin", gab Ufo bereitwillig Auskunft.

„Für wen ist denn das Hotel?" neckte Junifee lächelnd Ufo.

Im Universum wurde ja nie wieder über diesen Vorfall gesprochen. Also was meinte Junifee nun?

„Ach, ´tschuldigung", hielt Ufo einen Eingeborenen in eher lumpiger Kleidung an. „Wissen Sie, wo die Volksmusikanten wohnen?"

Der Eingeborene starrte Ufo entsetzt mit offenem Mund und offener Hose an: „Damit habe ich nichts zu tun! Ich kenne Sie nicht, nie gesehen!" rief er im Davonrennen.

„Und?" fragte Junifee.

„Er geriet in Panik, als ich nach den Volksmusikanten fragte", zuckte Ufo mit den Schultern.

„Yeah, man, cool, man", freute sich Hendrix.

Ganschack jedoch war drauf und dran, es dem Eingeborenen gleich zu tun. Nur zu dumm, der Eingeborene rannte in die Stadt, anstatt hinaus. Doch der Rambini sorgte sich nun mal so sehr um die anderen.

„Also dann hinein ins Monster und erkunden", blickte Junifee der Stadt fest entgegen.

„Hui, jui, lui", grummelte es aus dem Rucksack und man interpretierte es als Beifall für Junifees Pflichtbewusstsein.

„Was meinst du?" flüsterte Junifee zu Ufo, während sie die Hausfassaden prüfend entlanggingen.

„Ich weiß nicht", erwiderte dieser, der natürlich verstanden hatte, was Junifee meinte. „Wir sind ja auch nicht so oft hier. Eigentlich meiden wir sogar diese Stadt, so weit es geht. Empirehausen ist unberechenbar. Morgen ist es schon wieder anders als heute.

Ramponierte Einheitsbauten mit relativ kleinen Fenstern. Im Erdgeschoss Geschäfte, Schaufenster, eben Gewerbe, einiges in Betrieb, anderes leer, zumindest scheinbar. Ein paar Vehikel klapperten die Straße entlang, Eingeborene die Fußwege, auf denen sich hier und da kleine Schutthaufen türmten, Steine, Glasscherben, irgendwie aus Fenstern und Fassaden herausgebrochen.

„Wo war denn nun noch unser Hotel?", grübelte Hendrix laut nach. „Diese verdammten Straßen sehen ja alle fast gleich aus".

„Die nächste rechts, danach links hoch, da ist unser Hotel", erläuterte Erhardt herablassend.

„Oh, der Typ mit dem genialen Gedächtnis", neckte Hendrix spöttisch.

„Och nee, da vorn ist nur ein Hinweisschild, du Dummsaite", sprach Erhardt und marschierte vorne weg.

Der Eingeborene blickte die hereinpolternden sieben mutmaßlichen Gäste eher gleichgültig an: „Sie wünschen?"

„Wir hätten gerne Zimmer für sieben", bestellte Ufo.

„Einzel- oder Mehrbettzimmer?" fragte der Rezeptionator routiniert nach.

Ufo drehte sich zu den anderen herum. Ein allgemeines Gemurmel, Geflüster und Gezischel setzte ein.

„Mehrbettzimmer genügen", antwortete Ufo dem Rezpetionator.

„Sind auch billiger. Ich schlage ein Drei- und ein Vierbettzimmer vor", schlug der Eingeborene hinter seiner Theke vor.

„In Ordnung", machte Ufo den Vertrag.

„St ch ad dbi?" kam es aus dem Rucksack.

Junifee öffnete diesen einen Spalt: „Was ist?"

„Ist auch ein Bad dabei?!" brüllte der Cosmander.

„Sind beide mit Bad", klärte der Rezeptionator sachlich auf.

„Sie haben doch an Bord Ihr Bad!" zischte Junifee in den Rucksack.

„Ach ja", musste der Cosmander beipflichten
und wurde rucksäcklich wieder eingeschlossen.

„Im Haus nebenan gibt es einen Speiseraum. Sie
können sich auch telefonisch von Ihren Zimmern aus
von dort Essen auf Ihre Zimmer bestellen. Hier ist
die Speisekarte", informierte der Rezeptionator über
die Verpflegungsmöglichkeiten.

„Wir wissen, sind ab und zu mal hier", informierte nun Ufo seinerseits.

„Ich bin neu, mein Vorgänger ist tot", informierte der andere zurück.

Dokta dachte über das Telefon im Haus nach:
„Sie haben Elektrizität?" fragte sie den Eingeborenen
am Hotelschalter.

„Ja, aber nur in der Stadt. Kommt da aus der
Steckdose. Gezahlt wird im Voraus. Wie lange bleiben Sie?" die Rezeption.

„Unbestimmt", antwortete Ufo. „Einen Tag,
neuneinhalb Wochen."

„Also gut, dann zahlen Sie am besten tageweise
im Voraus", entschied der Rezeptionseingeborene.

Ufo zahlte also für die ersten vierundzwanzig
Stunden.

„Hier sind die Schlüssel. Zimmer sechzehn und
siebzehn im zweiten Stock (der zweite Stufenring
der Stadt ist fünfgeschossig, hat also vier Stockwer-
ke). Übrigens sind die beiden Zimmer durch eine
Tür miteinander verbunden", entließ der Rezeptionator seine neuen Gäste in ihre Zimmer.

Die Zimmer machten zwar einen schäbigen Eindruck, aber nicht so sehr wie die Hausfassade und sie waren trotzdem sauber. Das Dreibettzimmer war etwas kleiner, die Fenster wiesen zur Straße. In beiden Zimmern standen je zwei Betten der Länge nach an der Fensterseite, die restlichen der Länge nach gegenüber an der Türseite. Je ein Schrank in den Zimmern, ein Tisch und mehrere Stühle und je eine Minibar, die Junifee natürlich auftragsgemäß zu inspizieren hatte.

„Was ist das?!" wich sie entsetzt zurück, als sie in die Minibar des Vierbettzimmers blickte, wo sich alle Gruppenmitglieder versammelt hatten. (Nicht in der Minibar, natürlich im Vierbettzimmer, da dieses das größere Zimmer war.)

„Das sind nur ein paar Leichenteile", erklärte Ufo nüchtern.

„Haben die Gäste vor uns wieder ihren Imbiss vergessen!" schimpfte Erhardt.

„Immer dasselbe", moserte Hendrix abschließend.

Der Zimmerservice bereinigte die Angelegenheit umgehend. Doch sollte man hier noch Essen bestellen?, fragte sich Erhardt, während Nudelbusch einmal mehr grollte. Vielleicht hätte der den Imbiss gerne gehabt, hätte man ihm den geopfert.

„Und wie teilen wir auf?" fragte Junifee in die Runde und zu den Betten.

„Ich schlage vor, dass ich als Ärztin das übernehme, da ich als Ärztin in dieser Geschichte sonst nichts zu tun habe", empfahl sich Dokta.

Alle stimmten zu und freuten sich, dass sie aus dieser Geschichte wahrscheinlich heil herauskommen würden. Doch konnte man dem Autor trauen?

„Also", verteilte Dokta, „unsere beiden Expeditionsleiter und Leiterinnen, Ufo und Junifee", welche sich hörbar räusperte, da sie sich an den Herd in der Kombüse der Gurk Fock versetzt sah, „ich meine Junifee und Ufo, jedenfalls brauchen die beiden als die Verantwortlichen am meisten Ruhe und gehen ins Dreibettzimmer, dazu Zeitling für anfallendes Protokollieren. Der Rest bleibt hier im Vierbettzimmer".

Man verteilte sich kurz zu den Betten, Junifee und Ufo ans Fenster, Zeitling neben die Tür, was absolut nichts mit jenem Vorfall, über den nie wieder im Universum... Das Gepäck wurde verstaut und alle versammelten sich sodann im größeren Vierbettzimmer, wobei man die Verbindungstür selbstverständlich offen ließ.

„Dieses Hotel und speziell dieses Zimmer werden also für die nächste Zeit unser Stützpunkt sein, von dem wir unsere Erkundungen aus starten und natürlich auch die Befreiungsaktion ‚Gitarre'", leitete Junifee die Besprechung ein.

Die Gruppenmitglieder saßen teils auf Betten, teils auf Stühlen, teils im Rucksack, den man nach Protesten des Cosmander geöffnet in der Zimmermitte abgestellt hatte. Dann konnte Junifee fortfahren: „Wir haben es mit zwei Aufgabenbereichen zu tun. Erstens die Erkundung der Stadt. Zweitens die Befreiung von Hendrix Gitarre. Es stellt sich nun die Frage, ob wir erstens erst Aufgabe eins, dann Nummer zwei angehen, zweitens erst Aufgabe Nummer zwei, dann Nummer eins, drittens beide Aufgaben gemeinsam oder viertens zwei Gruppen bilden, wobei Gruppe eins Aufgabe eins übernimmt und Gruppe zwei Aufgabe zwei".

„Und fünftens?" fragte der Cosmander aus dem Rucksack.

„Guckguck den Panzerpiraten schenken", warnte Junifee.

„Nein, nicht doch! Wenn der abgeschossen wird und in einem Panzer detoniert! Die zerfetzten Leichen will ich nicht sehen und dann auch noch von ganz dicht und der Lärm, mein Orchester, nicht Junifee, bitte nicht!", bettelte Cosmander Störenbeker.

„Schon gut", beruhigte Junifee, „war ja nur ein Gedanke und Sie sind der Boss".

„Eben", straffte sich der Cosmander und speziell seine Stimme.

„Also, wie gehen wir vor?", fragte Junifee in die Runde.

„Können wir nicht beides verbinden", schlug Ufo vor. „Während wir die Gitarre suchen, könnt ihr ja dabei erkunden oder was immer ihr hier überhaupt treibt. Außerdem habt ihr wohl mitbekommen, dass es in dieser Gegend, sagen wir mal, etwas grob zugeht. Wir sollten unsere Kräfte deshalb auch nicht zerteilen".

„Nicht eingreifen, bloß nicht eingreifen!" kam es aus dem Rucksack.

„Aber nein", beruhigte Junifee liebreizend.

„Und weshalb holt ihr mich, ich meine, Guckguck nicht aus dem Rucksack, damit ich euch durch seine Kamera sehen kann?" moserte der Cosmander zickig.

„Das lohnt sich nicht, weil wir ja so schnell wie möglich aufbrechen müssen", erwiderte Junifee eindrucksvoll.

„Genau. Dann lasst mich bloß hier drinnen, damit wir keine Zeit verlieren", machte sich der Cosmander Junifees Begründung zu eigen.

„Können wir nicht den da unten an der Rezeption nach den Volksmusikanten fragen?" fragte Hendrix in die Runde.

„Denk an den Typen vor der Stadt, der in Panik geriet, als ich ihn nach den Volksmusikanten fragte. Wir müssen scheinbar sehr vorsichtig sein in dieser Sache", warnte Ufo einsichtig.

„Vielleicht kann ja jemand von uns mal vorsichtig im Speiseraum nebenan nachfragen", schlug Erhardt vor.

„Und das mit einem kleinen Imbiss verbinden, nicht", durchschaute Hendrix den Vorschlag.

„Genau. Nein, natürlich nicht", fühlte sich Erhardt ertappt. Man hatte ihn ertappt.

„Also gut. Irgendwo müssen wir wohl anfangen", stimmte Junifee Erhardt zu. „Du machst das also gleich, wenn wir runtergehen."

„Au fein, jetzt geht's los", kam es aus dem Rucksack. „Schickt doch Guckguck mit rein, vielleicht kann er Erhardt behilflich sein, ich meine, vielleicht kann *ich* ..."

„Die Granate und Erhardt zusammen in einem von vielleicht netten Eingeborenen besuchten Speiseraum, die in Ruhe frühstücken wollten. Das bedeutet Hyperpanik!" lehnte Junifee den Vorschlag des Cosmander ab und durchschaute natürlich den Hintergrund. Der Cosmander wollte nur raus und einen Stadtrundflug erleben.

„Junifee, Sie haben Recht. Guckguck und Erhardt zusammen geht nicht. Schicken Sie Guckguck alleine rein", versuchte es der Cosmander noch einmal.

Die Antwort auf diesen Vorschlag bestand im unverzüglichen Schließen des Rucksackes. Das stimmliche Gemurmel im Inneren überhörte man großzügig und würde es mit einem fieberhaften Tatendrang gegenüber dem Cosmander erklären. Das gab Pluspunkte und verzieh alles.

Etwas später fand sich die Gruppe auf der Straße wieder und Erhardt betrat den Speiseraum, natürlich allein. Guckguck wurde wie immer in Zeitlings Rucksack geparkt.

„Guten Morgen allerseits!" grüßte Erhardt in den spärlich besetzten Raum. Drei Eingeborene saßen einzeln herum, zwei an Tischen, einer am Tresen.

„Sie wünschen?" fragte der Wirt hinter dem Tresen, irgend etwas putzend.

Klang es morgenmuffelig, bösartig oder schon wie kurz vor einem Mordversuch?

„Wir wohnen nebenan für einige Zeit im Hotel und möchten uns in dieser Zeit von Ihren hervorragenden Speisen verwöhnen lassen, die wir auch immer sofort bezahlen. Wissen Sie, wo die Volksmusikanten wohnen?" kam Erhardt zur Sache, freundlich, aber fluchtbereit.

„Ich nicht", antwortete der Wirt ergeben, „aber mein Koch. Einen kleinen Moment, bitte, ich hole ihn sofort. Ein Glas Gluck? Kommt sofort".

„Was gibt's denn?" kam der Koch aus der Küche geschlurft. „Will sich etwa jemand beschweren?" Das war natürlich keine Frage, sondern eine Drohung.

„Der Herr dort möchte was von dir", zeigte der Wirt auf Erhardt, der sich bereits Richtung Ausgang orientierte.

„Och, eigentlich. Ist auch gar nicht mehr so wichtig. Es geht nur um diese, äh, Volksdingens, wissen Sie, diese Musikanten, die feschen", druckste Erhardt herum.

„Die Volksmusikanten meinen Sie. Ja die wohnen ..." begann der Koch. Ein Schuss, ein Gast rannte hinaus, Koch tot.

Und wo krieg' ich jetzt mein Essen her? Fragte sich Erhardt nach diesem schweren Schicksalsschlag betroffen.

„Der Schütze scheint was mit den Volksmusikanten zu tun zu haben", diagnostizierte Ufo, als Erhardt, nervlich von dem Vorfall tangiert, sich draußen wieder zur Gruppe gesellt und alles berichtet hatte.

„Sympathisant", zürnte Hendrix.

„Sumpfpathisant", steigerte Erhardt.

„Siffpathisant!" setzte Hendrix noch eins drauf.

„Ruhig, Leute!" mahnte Junifee und aus dem Rucksack grummelte es. „Ja, Cosmander?", fragte Junifee hinein.

„Richtig, Ruhe bewahren. So ist's recht", pflichtete der Cosmander bei. „Und jetzt gleich wieder mein Täschchen schließen, wir wollen doch ncht dr igbrne rschn..."

„... und kamen in Frieden zu diesem wunderschönen, grauen Planeten, ihn in edler Absicht zu erkunden, zu erforschen, zu zivilisieren, zu kolonisieren, zu drangsalieren, zu malträtieren... Äh, Junifee, da war ich eben wohl im falschen Film. Ich meine natürlich, und sagen Sie das dem Präsidenten von *Balzmann Drei*, wenn Sie ihn treffen, dass wir seinem Planeten unseren ganzen Respekt zollen", stand der Cosmander am großen Bullauge in seiner Kapitänskabine und blickte hinaus zu den Sternen. „Junifee, hören Sie mich, haben Sie das gehört? Ich meine das mittlere nicht, ich ..."

„...mchagrr kne nik achn", grummelte es aus dem Rucksack.

„Jedenfalls wissen die Volksmusikanten jetzt, dass wir sie suchen", stellte Ufo kriminalistisch korrekt fest.

„Und wo ist eigentlich mein Sicherheitsbeauftragter?" schaute sich Junifee suchend um.

„Hier bin ich doch", kam Ganschack aus dem Hotelein- und -ausgang. „Ich hatte nur etwas vergessen".

„Und was?" näherte sich Junifee wissend lächelnd dem Rambini.

„Ich habe uns nur noch von der Rezeption verabschiedet. Wir müssen doch einen guten Eindruck abgeben. Das schafft Vertrauen und damit auch mehr Sicherheit", redete sich Ganschack in seine Ausrede hinein, bis er sie selbst glaubte.

„Schon gut", wandte sich Junifee von dem kreidebleichen Rambini ab.

„Ich finde, Ganschack sollte sein Gehörn da vom Kopf abnehmen, sonst hält man ihn noch für eine getarnte Brunfthenne und das könnte für Spannungen sorgen", nickte Ufo zu Ganschack, der bei dem Wort *Spannungen* bereits eine Hand an seiner Betäubungswaffe hatte.

„Na gut, aber nur am Tage", entschied Junifee und die Waffe wurde zu Guckguck in Zeitlings Rucksack gesteckt.

„Wir sollten jetzt langsam aufbrechen und zwar Richtung Zentrum. Einfach erst mal los", schlug Ufo vor und wieder grummelte es scheinbar erfreut im Rucksack.

„Ufo und ich gehen vorne weg, ihr anderen sortiert euch irgendwie dahinter, Hauptsache dass Zeitling und Dokta aus logistischen Gründen die zweite Reihe bilden und Ganschack zu mir kommt", ordnete Junifee die Reihen.

Der Sicherheitsbeauftragte schob sich eilig nach vorn.

„Ganschack, du übernimmst den Spähtrupp", organisierte Junifee weiter.

„Welchen denn?" schaute sich Ganschack suchend um.

„Deinen. Du bist das", lächelte Junifee und fasste den Rambini kurz um, ihm zu zeigen, dass doch alle bei ihm waren.

„Allein?!" fragte Ganschack entgeistert.

„Nur einige Meter, dass du mal um die Ecke siehst, was da so los ist", sprach Junifee beruhigend auf ihn ein. „Guckguck können wir ja höchstens nachts einsetzen."

„Ein paar Meter vorne weg. Um die Ecken spähen. Kein Problem", versuchte sich Ganschack zusammen zu reißen.

Er schritt ein paar Meter ab, drehte sich um: „Soviel?!"

„Noch ein paar!" schubste Junifee wörtlich und Ganschack quälte seine Beine noch ein paar Meter dazu. Dann setzte sich auch die Gruppe Richtung Zentrum in Bewegung.

Wie Hendrix bereits bemerkte, glich eine Straße der anderen. Die schwärzlich-moderbraunen Blocks, einige Eingeborene, ein paar Vehikel. Ein paar andere Geschäfte, Lokalitäten und Undefinierbares. Und natürlich gewannen die Blocks an Höhe, ganz den Gesetzen einer Stufenpyramide entsprechend.

„Und das war einmal die Welthauptstadt“, blickte sich Dokta verwundert um.

„Und jemand könnte die mal putzen“, bemerkte Zeitling.

Gegrummel aus dem Rucksack.

„Ich weiß, Cosmander. Fensterputzen auf der Gurk Fock geht vor!“ drehte sich Junifee zu Zeitlings Rucksack herum.

Als sie wieder nach vorn sah: „Wo ist Ganschack abgeblieben?!“

„Der ist wohl nur um die nächste Ecke“, winkte Ufo ab.

Die Gruppe bog also um diese nächste Ecke und stand augenblicklich einer jungen Horde Eingeborener gegenüber.

„Das ist unser Revier! Zoll zahlen!“ keifte der mutmaßliche Anführer und die Horde schwang Knüppel, Ketten, Wattebäuschchen und Gewehre.

„Das ist Stämmchen, der Nachwuchs von Empirehausen“, informierte Ufo flüsternd.

„Was wollt ...?“ wollte sich Junifee gerade der Horde entgegenstellen, doch Ufo hielt sie zurück, deutete hinter die Horde.

„Ganschack!“ rief Junifee.

„Der da ist unsere Geisel!“ zeigte der mutmaßliche Anführer der Bande nach hinten. „Zoll, Auslöseknete und dann verpisst euch, klar!?“

„Wir haben aber keine Knetmasse für euch zum Spielen dabei“, erklärte Dokta wahrheitsgemäß.

„Die meinen Geld", zischelte Ufo nach hinten.

Ganschack mit dem Messer an der Kehle sah gar nicht glücklich aus, aber auch nicht traurig, eher kurz vor der Ohnmacht, der ein Nervenzusammenbruch vorangeht.

„Wieviel?" fragte Ufo den Anführer, da es keine Alternative gab. Selbst die Betäubungswaffe wäre hier nicht mehr einsetzbar, das Messer zu dicht an Ganschacks Hals.

Man konnte froh sein, noch heil aus diesem Straßenfest des Nachwuchses von Empirehausen herauszukommen, da auch hinter der Gruppe Gangmitglieder Aufstellung bezogen hatten und Knüppel, Ketten, Wattebäuschchen und Gewehre schwangen.

„Und lasst euch in unserem Revier nie wieder blicken!" kreischte der stimmbruchverdächtige Anführer mit aggressiv verzerrtem Drohgesicht und -finger und übergab nach der Zahlung Ganschack an die Gruppe, die zur weiteren Erkundung eine andere Richtung samt Straße bevorzugte.

„Wovon wollen die leben, wenn niemand mehr in deren Revier auftaucht?" wunderte sich Junifee.

„Denen hätte man Guckguck ...", holte Ganschack zu einem verbalen Rachefeldzug aus.

„Grummel, grummel!" kam es aus dem Rucksack.

„Ich weiß, nicht eingreifen", kam rhetorisch Junifees Bemerkung zurück, dann zu Ganschack gewandt: „Was war da nur los? Du bist als Späher und nicht als Geisel eingesetzt".

„Ich bog um die Ecke, um zu spähen, da griff eine Hand nach mir ...“

„Schon gut, Ganschack. Geh' wieder auf deinen Posten“, unterbrach die Expeditionsleiterin geradezu mütterlich, als hätte ihr Sicherheitsbeauftragter gerade ‚aua‘ gemacht.

Ganschack wollte sich schon ans Gruppenende begeben, als ihn Junifees Anweisung unerbittlich einholte: „Nach vorne, einige Meter und vor allem Augen auf!“

„Das könnte eine reichlich hohe Spesenabrechnung werden“, blickte Hendrix Ganschack nach.

„Da müsst ihr dann aber viele Gitarren befreien“, ergänzte Erhardt.

„Und das nächste Mal müssen wir dich befreien“, strafte Ufo Erhardt ob seiner losen Worte.

„Ja, ja. Aber ich wollte ja auch Posaune blasen“, grummelte es dieses Mal aus Erhardt.

„Wo sind wir eigentlich jetzt?“ fragte Hendrix in die Gegend.

„Woher soll ich das wissen“, antwortete ein vorbeihuschender Eingeborener.

„Keine Ahnung. Wir waren noch nie so weit“, blickte sich Ufo um. „Aber die Blocks hier haben schon an die zwanzig Geschosse“.

„An der Anzahl der Geschosse können wir uns gut orientieren“, referierte Dokta. „Der äußerste Blockring der Stadt hat drei Geschosse, unser Hotel steht im zweiten, fünfgeschossigen Ring. Und jeder

Blockring differiert vom anderen durch zwei Geschosse.

Das Grummeln im Rucksack schwoll an, da es von Nudelbuschs Grollen übertönt wurde. Nachdem Nudelbusch fertig war, öffnete Junifee Zeitlings Rucksack: „Ja, Cosmander, hier ist Junifee".

„Was ist da eigentlich bei euch los? Ihr sollt doch einfach nur erkunden. Schaut euch ein bisschen um, protokolliert, macht Messungen, kauft euch einen Lutscher und dann kommt zurück zu Pappa Störenbeker", empfahl der Ahnungslose.

Junifee packte zart die Wut, packte zart Guckguck, entnahm ihn dem Rucksack, schaltete die Kamera für den Cosmander ein und schwenkte den Roboter herum: „Sehen Sie, Cosmander?"

„Igitt, mehr Farbe, mehr Farbe!" protestierte Störenbeker.

„Es ist hier so grimmelig und düsterfarben!" rief Junifee. „Und sehen Sie dort, wie die zwei kleinen Eingeborenen ..."

„Ja, niedlich die Kleinen!" unterbrach der Cosmander entzückt die Expeditionsleiterin. „Und Sie sollten Kamerafrau werden. Wollen Sie nicht zum Film? Sie können das schon recht gut ..."

„... wie der eine niedliche Kleine den anderen erwürgt!"

„Diese widerlichen kleinen Zombies. Schalten Sie bloß meine Kamera ab und dann zurück ins Stübchen!" ekelte es den Cosmander aufs Heftigste.

Junifee steckte Guckguck zurück in den Rucksack, nachdem sie die Kamera für den Monitor auf der Gurk Fock abgeschaltet hatte. Mikrofon und Lautsprecher waren leider nicht abschaltbar.

Die in Panik umherliegenden Eingeborenen erhoben sich wieder skeptischen Blickes, nachdem Guckguck verstaut und der Rucksack geschlossen war.

„Muss ich wieder?" fragte Ganschack Junifee und wies mit dem Daumen vorwärts und sah dabei gar nicht glücklich aus.

„Ein paar Meter, ja. Und achte auf alles, was bedrohlich und aggressiv aussieht. Ich möchte vorher reagieren und nicht ständig wie bescheuert fliehen oder in irgend welche Gräben springen müssen", wies Junifee ihren Rambini an und der trollte sich ein paar Meter vorwärts.

„Allmählich ist mein Bedarf an solchen Verrückten gedeckt", seufzte Junifee zornig.

„Du hattest Bedarf an so was?" neckte Ufo sie und erntete einen Blick, gegen den ein bisschen Würgen der reinste Urlaub sein müsste.

Und da eilte Ganschack schon zurück, Junifee hätte es ahnen, nein, wissen müssen. Vermutlich wurde er nur nach der Uhrzeit gefragt und dachte sofort an eine Zeitbombe.

„Was ist das denn für ein Gejaule?" war der Rambini bei der Gruppe angelangt, sich die Ohren zuhaltend.

Jetzt vernahmen es alle. Aus einer Straßen-schlucht drang die Stimme eines Eingeborenen, als übten die Brunfthennen an ihm ihre Künste aus. Grauenvoll.

„Das ist der Vorjodler vom *Kulturverein Alala*", informierte Ufo.

Kaum gesagt, schon donnerte aus der Richtung des Vorjodlers Lärm, Geschrei und Geschieße. All-gemeine Panik breitete sich erneut aus, als sei der Anblick Guckgucks nicht schon genug gewesen, besonders, wenn man auf der Straße im Dreck liegt. Und dann stürmte es um die Ecke, gehüllt in we-hende Gewänder.

„Liz Bollah! Los, weg hier!" drängte Ufo.

Man schloss sich teils wissend, teils aus Höflich-keit der Flucht an, während andere Eingeborene, teils tot, teils erschossen, schon bald herumlagen, nur das kein Guckguck mehr verstaut wurde und man sich danach wieder lebendig erheben konnte.

Die Gruppe um Junifee floh also um einige E-cken, bis Lärm und Geschieße irgendwo entfernt verebbten.

„Was war das nun schon wieder?! Und was für eine Liz sowieso?!" hechelte Junifee wütend.

„Liz Bollah vom Kulturverein Alala", hechelte Ufo zurück.

„Und wo ist die Kultur?" keuchte Dokta.

„Das war das Orchester des Vereins", keuchte Hendrix antwortend.

„Liz Bollah arbeitet auch unter ihrem Künsternamen Schleierwalli, eben mit diesem Orchester", hechelte Ufo.

Im Rucksack grummelte es.

„Ja. *Schleierwalli und die Pfeifenden Kugeln*", keuchte Erhardt hechelnd.

„Und wo war die Musik?" rang Ganschack nach Luft.

„Habt ihr die Kugeln nicht pfeifen gehört?" hustete Hendrix.

„Wie lautet der Titel dieser Komposition? Ich meine fürs Protokoll?" kam Zeitling wieder zu Atem.

„Vielleicht *Sinfonie für zehn Gewehre*", erholte sich Hendrix.

„In Blut-Moll", ergänzte Junifee kräftig durchatmend.

„Mull", korrigierte die Ärztin, alle Kassen, Dokta, wieder fit.

„Moll oder Mull. Jedenfalls ist die Sinfonie Müll", resümierte Erhardt eine Hauswand ankeuchend.

„Hoffentlich macht ihr bessere Musik", blickte Junifee *ihre* drei Eingeborenen schmunzelnd an.

„Wir pfeifen höchstens aus dem letzten Loch", konnte Erhardt beruhigen.

„Solange es kein Einschussloch ist", hoffte Hendrix und wischte sich den letzten Schweiß von der Stirn.

Im Rucksack grummelte es weiter. Junifee erbarmte sich: „Was gibt's, Cosmander?"

„Ich habe da etwas von einem Orchester gehört. Vielleicht passt das ja musikalisch zu meinem Orchester und wir könnten ein gemeinsames Konzert auf der Gurk Fock geben", schlug der Naive vor.

„Passen pfeifende Kugeln zu Ihrem Orchester?" fragte Junifee lapidar.

„Bloß nicht. Wenn gepfiffen wird, kommt das Wiehern von der Weide. Haben die nichts anderes in ihrem Programm?" erkundigte sich der Cosmander geradezu begeistert von seiner Idee eines Konzertes auf der Gurk Fock.

„Todesschreie und einen Vorjodler können die noch bieten", ließ Junifee ihren Vorgesetzten wissen.

„Äh ... Todes- ... äh ... und Jodeln auf einem Segelraumschiff ... äh ... Haben Sie schon einen Vertrag gemacht? Zerreißen Sie ihn! Essen Sie ihn auf und den Beutel wieder zu!" gefiel dem Cosmander die Idee eines Konzertes mit der Schleierwalli gar nicht mehr.

„Ich habe Durst", bekannte Ufo.

„Ich heiße Erhardt. Ich habe auch Durst".

„Da drüben ist eine Gluckstätte", wies Hendrix über die Straße.

Gluck war *das* Getränk auf *Balzmann Drei*. Man bekam Gluck Mit (Rauschzusatz) und Gluck Ohne.

Die Gruppe betrat die Gluckstätte und stellte sich am Tresen auf.

„Sieben Gluck Ohne", bestellte Ufo.

Auch das Exteam durfte mit Doktas Tablettenzusatz Gluck Ohne trinken. Doch durch diesen Zusatz wusste man dann auch nicht, wie Gluck im Original schmeckte. Erhardt meinte wie „Rußbeeren". Das hilft uns ungemein weiter.

„Waren Sie der Grund für das Geballer da draußen?" fragte der Wirt, während er sieben Gläser auf den Tresen stellte und mit Gluck Ohne füllte.

Ufo sagte nur: „Schleierwalli".

„Oh ha", kommentierte der Wirt, „gleich in die Vollen. Aber die letzten Tage waren ziemlich ruhig in der Stadt".

„Stimmt, fällt mir jetzt auch auf. Wir haben bis auf Nudelbusch von Empirehausen nichts weiter gehört", stimmte Ufo zu.

„Die tauschen wohl mal wieder", mutmaßte der Wirt eher nebensächlich, gleichgültig, gläserputzend.

„Tauschhandel auf diesem Planeten?" fragte Dokta mehr sich als den Wirt.

„So kann man das auch nennen. Sie sind wohl nicht von hier", stützte sich der Wirt auf den Tresen zu Dokta gewandt. „Nun, die bringen ihre Toten und Verletzten raus und holen dafür Nachschub an Munition, Kriegern, Klopapier."

Gegrummel im Rucksack.

„Nein, nicht bringen, wir werden es nicht bringen", sprach Junifee zum Rucksack und rollte genervt mit den Augen.

„Scheinbar wurde gut nachgeschoben", lauschte Erhardt hinaus, wo wieder irgendwo geschossen wurde.

„Jedenfalls hat Schleierwallis Orchester kräftig gepfiffen", nahm Hendrix erst einmal einen Schluck Gluck Ohne.

Dann eine kläffende Stimme aus dem Hinterraum, alles lauscht.

„Wer immer an unserem Tischbein sägt, wird unter den Tisch gesoffen!"

Beifall, Gejohle.

Wohl gemerkt, handelte es sich um einen Hinterraum der Gluckstätte, nicht um einen Saal.

„Das ist der Stamm Tisch. Die halten da eine Versammlung ab. Und der Redner ist Prolologe Eddie de Bakel", erklärte der Wirt den fragenden Blicken der Gruppe, die weiter in den Hinterraum lauschte, besonders Ganschack, der irgendeine Gefahr herauszulauschen versuchte.

„Der Stamm Tisch wurde von Nudelbusch erwählt zur Herrschaft!"

Beifall, Gejohle.

„Seht euch doch den gefräßigen Esstisch, den faulen Nachttisch oder gar den entarteten Schreibtisch an! Untertische!"

Beifall, Gejohle.

„Wir werden sie alle hobeln, dass die minderwertigen Späne fliegen!"

Beifall, Gejohle.

„Die Prolo... lo... lo..., die Propoli..., die Profilo...!"

Beifall, Gejohle.

"Prolologisation", vollendete der Wirt schmunzelnd, dann wieder Schwenk zum Hinterraum.

„Tischer, was soll ich große Worte machen...!"

„Eddie, Eddie!" johlten die Tischer.

„Danke, danke!" hob der Prolologe die Arme.

Beifall, Gejohle.

„Heute gehört uns der Gluckdeckel und morgen das Klosett!"

Beifall, Gejohle.

„Wirt, noch ´ne Runde Gluck Mit!" brüllte es aus dem Hinterraum.

Beifall, Gejohle.

„Rülps!"

Beifall, Gejohle.

Die Gruppe verabschiedete sich vom Wirt und verließ die Gluckstätte.

„Das ist ja biederwärtig!" brach es aus Junifee auf der Straße heraus.

„Ganz meiner Meinung", pflichtete Erhardt bei.

„Aber dazu musst du erst einmal eine Meinung haben", fasste Hendrix Erhardt mitleidsvoll um.

„Ach! Und wo bekommt man so was?"

Während Erhardt sich nun also nach seiner Meinung erkundigte, schoss jemand aus einem Gebäude gegenüber aus einem oberen Geschoss Geschosse auf die Straße, so dass die Gruppe sich einmal mehr fluchtähnlich in Bewegung setzen musste, wenigstens bis um die nächste Ecke.

„War das nun die Brunfthenne Schleierwalli oder das Debakel vom Stämmchentisch oder was ist hier eigentlich los!" lehnte sich Junifee mit dem Rükken an die Hauswand, verschränkte die Arme vorderseits und blickte verärgert in die Gegend.

Ufo lugte um die Ecke, begutachtete ein paar tote Verletzte, spähte zum Fenster des Schützen hoch, der allerdings schon wieder verschwunden war. Dann gab er Entwarnung: „War wohl nur ein Einzeltäter. Wahrscheinlich war das Frühstücksei zu hart gekocht."

Ufo stupste die schmollende Junifee an, nicht mehr so verärgert in die Gegend zu blicken, sondern ihn an. Doch welches normale kosmische Wesen würde nach solchen Ereignissen nicht schmollen?

„Du kannst ja nichts dafür", stupste Junifee versöhnt zurück.

„Ich verstehe. Der Schütze wollte dieses zu hart gekochte Ei nur weich schießen und verlor dabei die Kontrolle über seine Waffe", analysierte Dokta.

„Lasst uns gehen", fasste Ufo Junifee um. War das noch kollegial oder fasste da schon mehr um die Taille? Doch bekanntermaßen wurde im ganzen Universum über jenen Vorfall nie wieder gesprochen.

Alle Gruppenmitglieder verspürten nach diesem ersten Ausflug in Empirehausen ein suchtähnliches Bedürfnis nach Ruhe und Frieden, soweit *Balzmann Drei* so was in seinem Touristenprogramm überhaupt anbot. Man begnügte sich also vorerst mit dem Hotel, dem man zügig entgegenstrebte. Dieses als Flucht zu bezeichnen wäre unfair, schließlich rannte man nicht. Man eilte, um noch am gefräßigen Mittagstisch, Mahlzeit, Eddie, teilnehmen zu können.

Nach dem Mittagessen versammelte sich die Gruppe wieder im Vierbettzimmer.

„Ich fürchte, so kommen wir nicht weiter", begann Ufo. „Wir waren grad ein paar Straßen weit ..."

„Und haben dem Tod ein paar Mal ins Auge geschaut", fuhr Ganschack fort.

„Und ins Gewehr", ergänzte Erhardt.

„Wie muss es da erst im Zentrum zugehen", fasste sich Junifee an den Kopf. Es waren keine Kopfschmerzen, es war Fassungslosigkeit.

„Und wie kommen wir dahin?!" wusste auch die Universalwissenschaftlerin Dokta nicht mehr weiter.

Draußen auf den Straßen wieder Schüsse, Geschrei, Lärm und Balz.

„Bringen die sich da draußen alle gegenseitig um?" schüttelte Junifee den Kopf. Es waren keine Kopfschmerzen, es war Fassungslosigkeit.

Doch würde Junifee weiter so fassen und schütteln, würde sie bald Kopfschmerzen bekommen.

„Ja", bestätigte Hendrix. „Die bringen sich alle gegenseitig um".

„Wen auch sonst", überlegte Erhardt nicht lange und sprach's.

„Dann brauchen wir ja nur zu warten, bis sie sich alle gegenseitig umgebracht haben und können dann in aller Ruhe die Gitarre suchen", befand Dokta logisch.

„Nein, zuerst können Sie dann das Leben auf *Balzmann Drei* erkunden und erforschen", mischte sich der geöffnete Cosmander in der Raummitte ein.

„Ja, natürlich", erinnerte Dokta sich ihrer Aufgabe, „und dann die Gitarre".

„Da könnt ihr lange warten. Die schaffen es immer wieder, nicht auszusterben", hob Ufo leicht die Arme, seufzte und ließ sie dann wieder sinken. Sie erhoben zu halten wäre auch unsinnig gewesen und hätte blöd ausgesehen. Aber das hätte ihm Junifee schon gesagt, doch über jenen Vorfall wurde im ganzen Uni ...

„Sind denn alle so hier?" fragte Ganschack hoffnungsfroh, denn er erwartete eine Verneinung.

„Nein, natürlich nicht", antwortete Hendrix und Ganschack hatte seine Verneinung. „Oder wofür hältst du uns?"

„Aber frage jemanden und du erhältst keine Antwort oder wahlweise eine Kugel. Doch wer will schon keine Antwort", versuchte es Erhardt mit ein wenig Philosophie.

„Dann müssen wir es eben nachts versuchen. Tagsüber schlafen wir und nachts ziehen wir los. Und dann könnten wir auch Guckguck einsetzen, der die Lage sondiert und uns durch die Straßen lotst", entschied Junifee und blickte Ganschack neckisch an.

„Habe ich was von tagsüber schlafen gehört?!" empörte sich der Cosmander.

„Cosmander", zürnte Junifee, „wenn wir perfekt erkunden und erforschen sollen, dann müssen wir alle fit sein. Nur so können wir unseren Auftrag ordnungsgemäß erfüllen. Und wenn Sie durch Guckguck mitgucken wollen, dann müssen auch Sie fit sein".

„So ist's richtig. Das ist genau die Arbeitsauffassung, die ich liebe. Fit sein für die Aufgabe. Hervorragend. Also, ihr Lieben, schnell ins Bettchen und geschlafen. Und mich bitte rechtzeitig wecken. Jetzt mein Bettchen zu und Gute Nacht oder Tag oder so. Ah, da kommt ja auch schon mein Sandmännchen vom Kieswerk", begab sich der Cosmander zur Bettruhe.

„Ebenso, gleichfalls, ´nAbend, tschüs, bis morgen, macht endlich den Beutel zu, schlafen Sie gut", verabschiedeten sich die sieben fürs Erste. Doch welcher Schelm sagte das mit dem Beutel?

„In fünf Stunden etwa dämmert es", informierte Ufo die Gruppe.

„Also, dann in die Betten. Zeitling, du weckst, Erhardt bestellt Abendbrot für euch drei. Und der Cosmander wird erst geweckt, wenn es direkt losgeht", teilte Junifee die Order aus. Aus dem Rucksack grummelte so etwas wie ein empörter Aufschnarcher.

Übrigens. Alle Gruppenmitglieder trugen anzügliche Unterbekleidung, so dass sie sich zum Schlafen ihrer Oberbekleidung entledigen konnten. Wer mehr über die balzmännischen Unterbekleidungen erfahren möchte, hier die Anschrift:

BRUNFTHENNEN, Brüsseldorf, *Balzmann Drei.*

Und vergessen Sie bitte nicht den frankierten Rückumschlag, da die Brunfthennen Ihnen das Informationsmaterial sonst persönlich vorbeibringen müssten. In dem Falle bliebe nur zu hoffen, dass der maskuline Besteller viel Sinn für Kunst hat.

Während nun alle schlafen, noch eine kleine Information: Der Schütze, der im Speiseraum den Koch ermordete, den Erhardt nach den Volksmusikanten befragen wollte und befragt hat, war kein Sympathisant eben jener Sippschaft, sondern nur arbeitslos und suchte einen Job als Koch. Am folgenden Tag hatte er einen. Und schon sind fünf Stunden rum. Wie doch die Zeit vergeht.

Das Wecken, Hygienemaßnahmen und Abendbrot klappten schon mal recht gut. Weniger gut klang das Schießen und Gelärme aus der Stadt, besonders vom Zentrum her.

„Wir warten noch, bis es dunkel ist und die Straßen hoffentlich relativ leer", sagte Junifee und lauschte dem Lärm draußen. Es schien belebter als am Tage.

Dokta nutzte die Zeit, die Sprechfunkanlage aus Guckguck auszubauen und an ihrem Gürtel zu befestigen. Man wollte so den sprachlichen Kontakt zum Cosmander halten, wenn sich Guckguck in der Luft befand. ??? Wollte man? Dokta baute das Gerät schnell wieder in Guckguck ein, um es dann erneut ausbauen zu müssen. Man wollte so verhindern, dass der Cosmander über die halbe Stadt durch Guckguck schrie und nach mehr Farbe oder Helligkeit für die Kamerabilder verlangte. Also hängte sich Dokta den Cosmander wieder an den Gürtel.

Zeitling musste diese neuerliche Schlamperei protokollieren. Nein, nicht den Cosmander, sondern die Tatsache, dass man dem Exteam kein zweites Sprechfunkgerät mitgab.

Dokta transportierte nun also an ihrem Gürtel dieses Sprechfunkgerät, ihr Universalmessgerät, auf dem Rücken die Marschapotheke und in einer Hand den Kontrollmonitor für Guckgucks Kamera.

Ganschack durfte wieder sein Betäubungsgeweih aufstülpen, was ihm ein größeres Gefühl von Sicherheit vermittelte. Die anderen sechs, die meist vor ihm gingen, empfanden es eher als zusätzliche Bedrohung.

Zeitling schnallte sich noch Guckguck um, Junifee ein Deo und dann war es soweit: „Die anderen Klamotten lassen wir hier. Gehen wir", schritt Junifee voran.

Die Straße vor dem Haus war relativ leer und unbeleuchtet, bis auf das Hotel, den Speiseraum nebenan, die Straßenbeleuchtung, das Kino, das Spielcasino und ein Straßenfest.

Schon einen Zickzack weiter war die Straße leer und dunkel. Guckguck wurde aus dem Rucksack geholt und in die Luft gestellt.

„Also, Guckguck", begann Junifee.

„Was ist?!" gähnte der Cosmander an Doktas Gürtel.

„Ich wollte Sie gerade wecken", stotterte Junifee Richtung Sprechfunkgerät, das natürlich auch auf eine gewisse Entfernung kommunikationstauglich war.

„Das ist nett. Aber ich bin gerade selbst aufgewacht. Wie weit sind Sie?" fragte der Cosmander nochmals gähnend.

„Wir sind unten auf der Straße", erklärte Junifee Cosmander Störenbeker die Lage.

„Ist es schon dunkel? Bei mir hier oben ist es immer dunkel", blickte der Cosmander ins All.

„Wir bereiten die Aktion gerade vor", klärte Junifee weiter auf.

„Das ist gut, sehr gut", lobte der Cosmander, - „aber ich kann nichts sehen".

Guckgucks Kamera wurde auf seinen Monitor geschaltet.

„Ahhh", machte der Cosmander, „sehr schön, aber ich sehe immer noch nichts".

„Guckguck, schalte dein Nachtsichtgerät dazu", befahl Junifee.

„Ohhh", machte der Cosmander, „aber vielleicht etwas mehr Schärfe, ja, stopp, nicht zuviel und mehr Helligkeit, bitte".

„Es ist dunkel hier, Cosmander", zürnte Junifee gereizt.

„Ah, deshalb", dämmerte es dem Cosmander.

Und die Gruppe hörte noch, wie Cosmander Störenbeker bei einem Steward Chips und Gluck orderte: „Ich bin soweit."

„Also, Guckguck, Abflug. Und nur erkunden, nicht erschrecken. Du sollst uns nur heil durch die Straßen Richtung Zentrum lotsen", befahl Junifee nachdrücklich, alles natürlich mit gedämpfter Stimme.

Toll, solch ein gemütlicher Stadtrundflug bei Nacht und Chips und Gluck, freute sich der Cosmander kindlich, aber heimlich. Guckguck stieg auf, bis er einen Überblick über mehrere Straßen gleichzeitig hatte und funkte seine Sichtergebnisse auf den Kontrollmonitor in Doktas Hand und auf den in des Cosmanders Kapitänskabine.

„Wenn das man gut geht", flüsterte Ufo in die Finsternis.

„Halt, wir haben etwas vergessen!" stoppte Junifee die Aktion.

„Ganschack ist hier", raunte Hendrix von hinten.

„Halloho, hier bin ich", winkte Ganschack zaghaft von hinten nach vorn.

„Nein. Falls wir uns verlieren, wo treffen wir uns dann?" fragte Junifee nach Vorschlägen.

„Im Hotel. Viel mehr kennen wir ja auch nicht von Empirehausen", schlug, nein, entschied Ufo.

„Oder im Speiseraum", warf Erhardt ein, „den kennen wir auch".

Dann herrschte wieder Schweigen und die Aktion wurde wie geplant fortgesetzt und in das Schießen und Gelärme vom Zentrum her grollte einmal mehr Nudelbusch hinein.

„Das ist hier ja noch unheimlicher als tagsüber", raunte Hendrix.

„Das hat die Dunkelheit so an sich", kommentierte Erhardt.

Eine feste Marschordnung gab es nicht. Man hielt sie für sinnlos, da sie im Fluchtfall doch nur für Unordnung sorgen würde.

„Leise!" zischte Ufo nach hinten.

Man wollte keine schlafenden Stämmchen oder Wallis wecken. Die Blicke strichen die Häuser entlang, dann wieder hoch zu Guckguck, der an seinem gelben Signallicht zu erkennen war, das ihn als Stern tarnen sollte. Bei Gefahr war er so programmiert, ein rotes Blinklicht zum Sternenlicht dazuzusenden. Zusätzlich gab es ein akustisches Funksignal am Taschenkontrollmonitor.

Junifee und Ufo vorne, dahinter Dokta mit den wichtigen Gerätschaften, Zeitling, dann Erhardt und Hendrix, hinten Ganschack. Wie erwähnt, keine feste Marschordnung.

„Kann man Guckguck nicht etwas ruhiger fliegen lassen?!" fragte der Cosmander holprig. „Und
diese Kurvenflüge. Ich glaube, ich werde unpässlich". Dann war Funkstille.

„Hoffentlich dauert das etwas", murmelte Junifee zynisch, drehte sich dann blitzschnell um, packte
Zeitling sacht, aber bestimmt am Arm, sah ihm fest
in die Augen.

„Schon gut, habe ich nicht protokolliert", hatte
Zeitling verstanden.

„Seid doch still da vorne", zischte Erhardt und
Ganschack nickte heftig Beifall zu dieser Ermah-
nung.

Von überall hallten Schüsse, hier und da Geschrei. Guckguck, der Robotergranatenstern, sandte
gelbes Licht und gelbes Licht und gelbes Licht, die
Straßen waren also frei, sprich: sicher, jedenfalls auf
ihrem Weg. In manchen Parallelstraßen fielen vereinzelt Schüsse, hallten unsichtbare Schritte durch
die Nacht. Manchmal huschte eine Gestalt in einiger
Entfernung über die Straße und verschwand irgendwo in der Dunkelheit. Die Marschroute verlief
im Zickzack, auch schon mal wieder ein Stück rück-
wärts, wenn es aus der nächsten Straße lärmte.

„Der Typ, äh, die Granate, ich meine Guckguck
macht das ja echt toll", lobte Ufo.

„Ja, der ist wirklich eine Hilfe", bestätigte Junifee
leise, um den armen Ganschack nicht noch mehr zu
verunsichern.

Straße um Straße schlich die Gruppe voran, über dem Zentrum ein heller Lichtschein. Doch das war noch weit.

Gelbes Licht, gelbes Licht... Rot! Das musste ja mal kommen.

„Rot!" rief Ganschack. „Guckguck blinkt rot!"

Dokta hatte das Warnsignal bereits per Funk erhalten. Die Gruppe stoppte, drängte sich an die nächste Hauswand, beobachtete Guckguck und der setzte zur Landung an, zig Meter die Straße voraus. Doch keine Schüsse in der Nähe zu hören, keine Eingeborenen zu sehen. Wo war die Gefahr? Oder litt Guckguck unter einem technischen Defekt? Dokta verneinte. Die Gruppe schlich, nach allen Seiten sichernd, Guckguck entgegen, hatte ihn erreicht und erkannte dann den Grund seines Alarms. Guckguck schwebte vor einem Hauseingang, über dem eine rote Laterne brannte. Von diesem Rotlicht hatte er sich scheinbar angezogen gefühlt und es erwidert. Ein sehr kommunikativer Roboter.

„Wenn wir hier schon stehen, könnten wir ja mal dort nach den Volksmusikanten fragen", wies Hendrix zur Tür mit dem Rotlicht.

„Tu das und nimm Erhardt mit", gestattete Ufo.

Nebenbei: Diese Laterne zappelte nicht wie jene vor der Stadt. Hendrix und Erhardt gingen also die paar Meter zur Tür, klingelten mit zittrigen Fingern, denn sie wussten ja nicht, was sie erwartete. Die Tür öffnete sich, warmes Licht strahlte heraus.

„Hallo, ihr Süßen", hauchte eine Eingeborene lasziv und sparsam bekleidet.

Erhardt und Hendrix staunten, glotzten, stotterten und schafften dann doch noch die alles entscheidende Frage: „Können Sie uns eventuell sagen ...", begann Hendrix, „wo die Volksmusikanten wohnen?" vollendete Erhardt.

„Ihr Perverslinge! Wir sind ein anständiger Puff!" knallte die Eingeborene die Tür zu.

Zwei verwirrte Klingler kehrten zur Gruppe zurück.

„Was ist?" drängte Ufo.

„Tote Hose. Die wissen es nicht", zuckte Hendrix mit den Schultern.

„Und wer sind die?" fragte Junifee nach, nickte zur Tür.

„The doorbell from the Bordell", dichtete Erhardt an.

"Ach so", kommentierte Ufo und dann zu Junifee gewandt: "In solchen Etablissements verkehrt vor allem der Stamm Kunde".

„Aha, vor allem", lächelte Junifee. Sie hatte natürlich längst begriffen, schließlich war sie nicht dumm.

„Ich sagte doch, dass wir noch nie hier waren", meinte Ufo sich rechtfertigen zu müssen.

„Dann merke dir jetzt die Straße", stieß Junifee leicht gegen seinen Kopf und meinte es ironisch, ernst, gleichgültig oder eifersüchtig?

Doch dieses auszudiskutieren war nicht die Zeit, schließlich befand man sich in Empirehausen auf *Balzmann Drei*. Kein Ort für Pro Familia.

Guckguck flirtete derweil ja noch mit der roten Laterne über der Haustür des Bordells und konnte somit, Liebe macht blind auch bei Robotern, die Gruppe nicht mehr warnen. Etwa hundert Meter entfernt grölte es einmal mehr schießend um die Ecke.

„Guckguck hoch!" befahl Junifee, worauf sich dieser aufrichtete. „Nein, du Kasper, in die Luft hoch!" zeigte Junifee nach oben in den dunklen Nachthimmel. Und dann begann es auch noch zu regnen. Doch hatte die Universalwissenschaftlerin Dokta am Vortage im Lager vor der Stadt nicht behauptet, dass es auch morgen, also jetzt, nicht regnen würde? Sie hatte Recht, denn sie sprach von wässern. Doch wo ist der Unterschied, ob man nass regnet oder nass wässert? In Ordnung, ein Bettnässer wässert, er regnet sich nicht nass. Aber welch Haarspalterei, wo eine wilde Horde schießend heranstürmte. Jedenfalls war *Balzmann Drei* auch für ein analytisches Genie wie Dokta nicht mehr exakt zu berechnen, zumal sie sich auch nur um minimale, lächerliche, eigentlich zu vernachlässigende zwei Stunden auf einen Tag verbalzmannt hatte. Doch auch hierüber wurde nie wieder im ganzen Universum gesprochen. Der Grund war, dass es niemand bemerkt hatte.

Inzwischen war die ballernde Horde natürlich dreiundzwanzig Meter näher gekommen, was jeder Grundschüler nachrechnen kann.

„Das scheint Stamm ...", wollte Ufo eine Debatte eröffnen. Doch man entschied sich allseits dafür, weder tot noch nass zu werden und ergriff die Flucht um die nächste Ecke.

Die Schritte hallten durch die Straßenschluchten, verloren sich, fanden sich wieder unter den Stiefelsohlen, um von dort erneut zu verhallen. Lärmende Stimmen, die sich näherten. „Erhardt, wo bleibst du?!" Schüsse immer näher. Die nächste Ecke. „Erhardt, hier sind wir!" „Da kommen sie!" rief dieser. Die Herzen klopften, der Atem flog, keuchte. Die Schritte ganz nah, man konnte das Hecheln der Verfolger hören. Hendrix probierte einfach eine Tür eines kaum beleuchteten Blocks. Sie war nicht verschlossen, die Gruppe stolperte in den Hausflur, der Letzte schloss hastig, aber leise die Tür.

„Ruhe!" zischte Ufo nach Atem ringend und alle rangen leise mit.

„Hey, wo sind die!" trampelten draußen Schritte, blieben genau vor der Tür stehen.

„Grad waren die doch noch hier!" derselbe, wohl der Anführer.

„Vielleicht in einen Block gerannt", schnaufte ein anderer.

„Kann sein", der Anführer. „Wie wäre es mit diesem Eingang gleich hier. Lumpi, probier doch mal!"

„Klar, Chef!" gehorchte Lumpi.

Es raschelte an der Haustür, am Türgriff, dann fielen Schüsse. An der Tür raschelte etwas langsam hinunter. Lumpi war eingeschläfert. Mehr Schüsse.

„Blockbock Brock und seine Kotzbrocken! Scheiße! Weg hier!" rief der Anführer, worauf fliehendes Getrampel einsetzte. Anderes Getrampel kam näher und nahm die Verfolgung auf, entfernte sich, dann Stille, bis auf die handelsüblichen Schießereien.

„Puh!" machte die Runde bei der Gruppe im dunklen Hausflur.

„Und wer war das eben nun?" wollte Ufo die vorhin begonnene Debatte fortsetzen.

„Vielleicht die Waldis", höhnte Erhardt, als wollte er sich für irgendwas rächen. Vielleicht für den Erstickungstod, der bereits in seinen Lungen lauerte, jedoch noch hechelnd entsorgt werden konnte.

„Was ist?!" hustete Hendrix.

„Na, wenn der eine schon Lumpi heißt oder hieß. Jedoch was nun?" stellte Erhardt endlich die entscheidende Frage.

„Guten Abend", schmeichelte eine ältliche Stimme von oben. „Kommen Sie doch herauf".

Die Gruppe erschrak geschlossen, blickte das Treppenhaus hinauf, schwaches Licht brannte dort oben.

„Kommen Sie ruhig", schmeichelte die Stimme erneut.

Vorsichtig, unschlüssig stiegen die sieben Stufe für Stufe die Treppe empor, dicht gedrängt, zaudernd, niemand wollte so recht Spitze oder Schluss der Gruppe übernehmen. Ganschack sicherte das Geländer, Zeitling protokollierte ins Dunkle hinein und Erhardt wollte schon Hendrix besteigen, hielt dessen Fuß für eine Stufe. „Aua!" So erreichte man den zweiten Stock. Eine Tür stand offen, aus der etwas Licht fiel, in dem ein älterer Eingeborener schemenhaft zu erkennen war: „Kommen Sie ruhig. Oder fürchten Sie sich etwa vor mir?" forderte die Stimme wieder schmeichelnd auf, in der Art, wie man sie sich auf einigen Planeten im Universum hexenhaft vorstellt. Als wäre man für den Backofen vorgesehen.

„Ich gehe vor", verschwand der Hexenhafte in seiner Wohnung. „Und schließen Sie bitte alle Türen hinter sich".

Die Gruppe folgte. Hatte sie überhaupt eine Alternative im Moment, da draußen kotzbrockige Waldis herumbalzten? Die Gruppe betrat den Wohnungsflur, folgte dem hexenhaften Eingeborenen in das vermeintliche Wohnzimmer, alles nur spärlich beleuchtet. Die Türen waren geschlossen, der Hexenhafte saß in einem großen Sessel in Fensternähe gegenüber der Zimmertür. Die sieben Gruppenmitglieder verteilten sich meist auf dem Fußboden, da für insgesamt acht Personen normal nie genügend Sitzmöglichkeiten in einer Stube anwesend sind, vielleicht nur fünf, wenn man ein Sofa besitzt oder eine Sitzgarnitur und dazu einen Fernsehsessel, der auf manchen Planeten des Universums vorkommt. Aber auf so was Ähnlichem saß der Hexenhafte schon. Kurz gesagt, bis auf Junifee mussten alle anderen auf dem Fußboden sitzen, da der Hexenhafte keine Sitzgarnitur besaß. Man hätte ihn natürlich fragen können, ob er in der Küche oder dem Schlafzimmer Stühle stehen hatte. Doch gab es in der Wohnung überhaupt Küche und Schlafzimmer? Es hätte eine Diskussion über die miserablen Wohnverhältnisse in Empirehausen von dem Hexenhaften initiiert werden können und danach war niemandem in der Gruppe zumute. Jedoch stand Gluck Ohne auf dem Tisch und man durfte sich bedienen.

„Ich hörte, Sie suchen die Volksmusikanten?" blickte der Hexenhafte Junifee, die ihm am Fenster gegenübersaß, wissend an.

„Könnte sein", fiel Ufo irgendwo vom Fußboden her Junifee, die gleich bejahen wollte, ins Wort.

Als hätte Ganschack ein Parfüm namens *Vorsicht* ins Zimmer gesprüht und alle Gruppenmitglieder hatten es geatmet außer Junifee, denn die saß ja höher.

„Vielleicht kann ich Ihnen helfen", lehnte sich der Hexenhafte im Sessel zurück und blickte in die Runde auf dem Fußboden, die merkwürdig in der Luft herumschnupperte.

Der Hexenhafte schloss die Augen, schien sich in Trance zu versetzen, begann zu murmeln. War es Gluck Mit oder das Schummerlicht: „Oh Geist der Noten, melde dich, wir brauchen deine Hilfe!" beschwor der Hexenhafte eine imaginäre Geisterwelt.

Die sieben der Gruppe starrten den seltsamen Eingeborenen merkwürdig an.

„Hier ist Mister Grünspan von der Empirehausener Notenbank", meldete sich eine sehr münzig klingende Stimme.

„Du nicht! Später vielleicht mal", raunte der Hexenhafte. Stille.

„Geist der Töne, der Klänge, bitte melde dich, wir benötigen dringend deine Hilfe!" fuhr der Hexenhafte beschwörend fort. Da! Ein Klopfen! Alles lauschte. Tatsächlich, irgendwo klopfte es.

„Ja, Meister der Harmonien, sei willkommen in unserer Mitte!" fieberte der Hexenhafte. Er hatte sich aufgesetzt und seine Arme emporgehoben: „Klopfe den Takt der Musik, ja, klopfe, klopfe!"

„Guckguck!" rief Junifee und zeigte zum Fenster, an dem es klopfte. Sie hatten Guckguck auf ihrer heillosen Flucht vergessen, waren ohne den Roboter ins Haus geflohen. Und der Treue hatte sie gesucht, ganz allein der bösen Stadt trotzend und hatte sie gefunden.

„Darf ich mal das Fenster öffnen?" fragte Junifee und war schon aufgesprungen und öffnete.

„Ist das da der Präsident?!" fragte der Cosmander einfliegend.

Der ältliche Eingeborene im Sessel fuhr erschrocken zusammen, als er die Granate sah. Sein Entsetzen kannte keinen größeren Ausdruck als Erstarrung. So hatte er sich den Geist der Musik nicht vorgestellt. Nie würde er in dessen Welt wollen. Dann eher schon zu Mister Grünspan und ein Geisterleben als Kontonummer führen.

„Vielen Dank für die Drinks", verabschiedete sich die Gruppe von dem hilfsbereiten Eingeborenen, erreichte jedoch mit der Hilfe des treuen Guckguck nicht grad das Domizil der Volksmusikanten, aber sicher das Hotel.

Man hatte sich zur Lagebesprechung im Vierbettzimmer versammelt und Junifee eröffnete die Lage: „Wir müssen ins Zentrum und das geht, wie wir eben gesehen haben, nur nachts. Äh, ja".

Allgemeines Kopfkratzen, Grübeln, Nasereiben. War ein Bordell denn das Zentrum dieser Stadt? Junifee fuhr fort: „Tagsüber jedenfalls kann Guckguck uns nicht lotsen ... Guckguck? Guckguck!"

Man musste nicht erst Mister Grünspan bemühen, um Guckguck zum Fenster hereinzulassen, setzte ihn in sein Körbchen und servierte ihm eine extra Portion Volt.

„Wie weit waren wir überhaupt gekommen?" fragte Ufo und Dokta dozierte: „Wir müssen schon ziemlich nah dran gewesen sein, dem Schießen und Gelärme nach zu urteilen. Das Bordell jedenfalls befand sich im Blockring mit schon siebenunddreißig Geschossen. Von dort bis zum Zentrum können es nur noch wenige Blockringe sein".

„Kommende Nacht probieren wir es also wieder. Noch Fragen?" blickte Junifee in die Runde.

„Ja, ich", meldete sich Ganschack.

„Schieß los", forderte ihn Junifee auf und alles stürzte sich „Nicht!" schreiend auf den armen Ganschack, der an seiner Betäubungswaffe rumzufummeln begann. Alle waren eben etwas nervös. Nachdem Ganschack entwaffnet war, kehrte wieder Ruhe ein.

„Ich wollte doch nur fragen, ob der Cosmander von der Gurk Fock her nicht ein par Komastrahlen schicken könnte, bis wir ..."

„Nicht eingreifen!" meldete sich der Cosmander kurz und sogleich wieder ab.

„Der Cosmander hat Recht. Wir dürfen nicht eingreifen. Das ist kosmisches Gesetz", pflichtete Junifee bei.

„Aber ihr greift doch ein, helft uns doch bei meiner Gitarre. Und was für Komastrahlen", schüttelte Hendrix den Kopf.

„Ich habe das doch schon alles erklärt", sagte Junifee kurz und fürsorglich.

„Ja, ihr seid Außerplanetarische von da oben und wollt uns erforschen", erwiderte Hendrix abwinkend.

„Aber wenn ihr Apparate habt, um das Zentrum zumindest kurzfristig lahmzulegen, warum tut ihr das denn nicht?", stutzte jetzt auch Erhardt mal eben in die Runde.

„Weil wir das nach dem Kosmogesetz, Artikel fünf, Absatz eins, nicht dürfen", unterstrich Dokta.

„Lieber sollen wir da verrecken", wollte auch Ufo mitmischen.

„Das ist eure Sache hier unten. Ihr habt eure Welt zu regeln und nicht auf etwas von da oben zu hoffen", entgegnete Junifee. Na, na, bahnte sich da etwa der erste kleine Streit zwischen Junifee und Ufo an? Mitnichten, darf hier vorweggenommen werden. Schließlich handelt es sich bei dieser Geschichte nicht um eine Liebesschnulze, etwa mit dem Titel „Rodeo auf Julia". Und hoffentlich lesen das die Brunfthennen nicht. Doch zurück zu den Ereignissen.

„Vor tausend Jahren oder wann gab es hier die Weltdiktatur und darauf die Befreiungskriege. Meinst du so was?" heizte Ufo die Kontroverse weiter an.

„Befreiungskriege?" zog Junifee verächtlich die Augenbrauen hoch und lachte höhnisch auf.

„Was willst du?" fragte Hendrix. „Was wollt ihr?"

Junifee schüttelte den Kopf: „Wir erkunden und helfen euch bei deiner Gitarre, werden aber nicht wirklich eingreifen können. Hast du das gehört, Zeitling?"

„Ich muss ja auch mal eine kleine Pause einlegen dürfen", hatte Zeitling verstanden.

„Genau", schmunzelte die Expeditionsleiterin. „Und bis jetzt haben wir ja auch noch gar nichts für die hier getan. Wir befinden uns immer noch im Rahmen des Kosmogesetzes."

„Und ich befinde mich im Rahmen der Müdigkeit", kommentierte Erhardt, natürlich gähnend.

Junifee: „Erhardt, was ist draußen?"

Erhardt: „Warm?"

Junifee: „Falsch."

Erhardt: „Kalt?"

Junifee: „Falsch."

Hendrix: „Dunkel."

Junifee: „Richtig."

Erhardt zu Hendrix: „Streber."

„Schlafen am Tag und in der Nacht ...?" hob Junifee den Finger und blickte Erhardt auffordernd an.

„Mit Mister Grünspan ins Bordell gehen", antwortete Erhardt und erzeugte allgemeines Lachen, Gelächter, Lachkrämpfe, die Nerven eben.

„Also. Vorbereitung wie gestern Abend, das ganze Programm und jetzt können wir von mir aus in die Heia", beendete Junifee die Besprechung.

Es dauerte nicht lange und die sieben lagen in ihren Betten, erschöpft, strapaziert, müde. Unterhaltungen fanden nicht mehr statt, bis auf eine Situation, als Ufo Junifee eine Liebeserklärung machen und Zeitling diesen Vorgang ordnungsgemäß protokollieren wollte, weshalb Ufo mit einem Wattebausch nach Zeitling warf, einem Wattebausch, den er bei einem Mitglied von Stämmchen gegen eine kleine gelbe Badeente eingetauscht hatte, die er auf einem gelben Schrotthaufen und außerdem entzückend fand und sich nun die Frage stellte, ob Captain Pferd mit der „Entenprize" schon vor der Gurk Fock *Balzmann Drei* einen Besuch abgestattet hatte, es hier aber gar nicht sehr vergnüglich fand und deshalb niemandem im ganzen Universum von diesem Reinfall erzählte, so dass es auch niemand wusste und die Passagiere würden es erst recht nicht erzählen, wer erzählt schon von einem Urlaub auf *Balzmann Drei*. Somit wurde ein weiteres Geheimnis im Kosmos versteckt. Wann ist Ostern? Doch zurück zu den Geschehnissen jener Nacht, die allerdings bereits in den Morgen dämmerte. Zeitling wurde also von dem Wattebausch getroffen, so dass Dokta endlich als Ärztin eine Aufgabe erhielt (der hinterhältige

Autor). Daraufhin musste Zeitling von Hendrix und Erhardt daran gehindert werden, dieses zu protokollieren, woraufhin Ganschack sicherheitshalber ins Bad flüchtete, um sich dort um die Gruppe zu sorgen. Nach dieser gruppendynamischen Gute-Nacht-Geschichte kehrte wieder Ruhe und jeder in sein Bett ein, jeder. Besonders der Sicherheitsbeauftragte Rambini Ganschack schlief fest und tief, um so todesverachtend den Schlaf aller zu sichern. Nur Dokta stand noch am Fenster des Vierbettzimmers, blickte gedankenversunken hinaus. Es war nicht nur Nudelbusch, dessen Grollen schon recht nahe und bedrohlich klang. Es waren auch nicht nur die Brunfthennen und Piraten und die krachenden Vehikel mit ihrem nebulösen Zuhause, nicht nur die zappelnde Straßenbeleuchtung und die ungebratenen Innereien des Nachwuchses zum Frühstück. Nein! Dokta verstand auch nicht, weshalb Cosmander Störenbeker durch den geschlossenen Rucksack alles in unmittelbarer Nähe in etwa hören konnte, umgekehrt vernahm man von ihm allerdings nur ein Grummeln. Nach einigen Überlegungen kam die Universalwissenschaftlerin zu dem Ergebnis, dass ein technischer Defekt die Ursache dieses Umstandes war. Dokta weckte also Zeitling, diese Schlamperei zu protokollieren und dass beim nächsten Ausflug irgendwo im Universum auch der Cosmander nichts mehr zu verstehen hatte im geschlossenen Rucksack. Dass er, Zeitling, das Wecken durch Dokta als Annäherungsversuch missverstand und sich dafür eine Schlaftablette einhandelte, protokollierte er allerdings nicht.

„Diese Kamera, diese schreckliche Kamera", klagte der Cosmander zur selben Zeit vor sich hin. Er lag auf einer Liege in seiner Kapitänskabine, ein feuchter Lappen kühlte seine Stirn. „Wollen die da unten mit Guckguck denn einen Experimentalfilm drehen? Rauf, runter, um die Kurve. Mir wird schon übel, wenn ich nur daran denke. Ich habe mir das so schön vorgestellt. Ein gemütlicher Fernsehabend mit Gluck und ... bä, bloß nicht. Weshalb tut Guckguck mir das an? Guckguck, mein Geschöpf". Die Gesichtszüge des Cosmander hellten sich kurz auf: „Ein hübscher Rundflug über Landschaften, Meere, Städte", und mit zornigen Gesichtszügen fuhr er fort: „Achterbahn in der Dunkelheit zwischen schwarzen Bauklötzen für Riesen hindurch". Die Gesichtszüge entgleisten, so dass der Cosmander erneut zu klagen begann: „Guckguck, Guckguck, warum hast du mich verlassen. Mir ist übel und mein Orchester. Rassel, wieher, rausch, klopf, klopf, klopf. So laut klopf, klopf".

Der Cosmander stutzte, lauschte nach innen, zur Tür. Es klopfte vor allem an der Tür.

„Ja, was ist denn, herein!" forderte der Cosmander wehleidig auf.

„´nAbend", trat der Koch ein.

„Bruzzel Koch, was gibt es denn?" jammerte der Cosmander.

„Geschnetzeltes Fleisch mit roter ..."

Der Cosmander wurde darauf erneut sehr unpässlich und Bruzzel Koch durfte das Ergebnis entsorgen. In diese Ereignisse hinein plötzlich ein Funkspruch: „Hallo Cosmander Störenbeker von der

Gurk Fock! Hier Captain Sinkbad, der Raumfahrer, von der unsinkbaren Skytanic! Sind auf der Reise zum Planeten Jammerika, dort eine blaue Band zu gewinnen! Können Sie mir sagen, ob sich im Raum dorthin Eiskometen befinden?! Bitte kommen!"

„Nein, weiß nicht ... Dokta", wimmerte der Cosmander.

„Hier Captain Sinkbad von der Skytanic! Habe Sie nicht verstanden, Cosmander! Ist Raum nach Jammerika eisfrei?!"

Cosmander Störenbeker musste sich leider einmal mehr übergeben. Über die Funksprechanlage klang das wie „Ja!". Die Geschichte der „Skytanic" muss neu geschrieben werden.

Und schon ging ein neuer Abend auf, die Dunkelheit war bereits ausreichend für die Expedition zum Zentrum.

Die Gruppe stand einsatzbereit vor der Hoteltür. Guckguck schwebte schon in der Luft, auch der Cosmander wollte es erneut mit einem Rundflug versuchen, allerdings dieses Mal ohne Chips und Gluck. Es half nichts. Man vernahm schon nach dem ersten Kurvenflug Guckgucks aus dem Lautsprecher an Doktas Gürtel jene würgenden Geräusche des Kampfes eines Lebewesens mit seinem rebellierenden Magen.

Guckguck lotste wieder prächtig. Straße um Straße, Blockring um Blockring kam die Gruppe relativ ungestört voran. Kampfgeschehen wurde umgangen, ebenso die lästigen Zolleintreiber von

Stämmchen. Und doch, der Schießlärm wurde lauter und heftiger. Das Zentrum tönte seine Grußworte aus Blei den Besuchern entgegen.

Am Geisterhaus kam man spuklos vorbei. Der Hexenhafte eröffnete sich wohl gerade als Konto bei Mister Grünspan. Stamm Kunde schlich ins Bordell und von nun ab befand man sich in neuen, völlig unbekannten Straßen. Die Gebäude wuchsen und wuchsen in den dunklen Nachthimmel, kratzten ihn sozusagen, was allerdings die Gruppe wenig kratzte, denn man war jetzt ganz nahe dran, es war nicht mehr zu überhören, es musste schon um die nächste Ecke sein. Das Zentrum! Junifee und Ufo spähten um diese Ecke. Es war nicht das Tor, es war die Ecke zur Hölle.

„Ooooh myyy Goood!" riefen beide aus.

Sie blickten die Straße hoch, an deren Ende sie einen kleinen Teil eines großes Platzes einsehen konnten. Dieser Platz also war *das* Zentrum, umsäumt von vier über vierziggeschossigen Gebäuden, die schon von außerhalb der Stadt auszumachen waren. Tote, Verletzte, verletzte Tote, tote Verletzte lagen verstreut umher. Gestalten, mutmaßlich lebend, huschten von hier nach dort, schemenhaft. Andere kauerten an Hauswänden in Deckung.

„Da kommen wir nie durch", wollte Ufo schon resignieren.

„Was ist denn da vorne?" zischelte Ganschack so leise wie möglich von ganz hinten.

„Hörst du das nicht?" zischelte Ufo von ganz vorne zurück.

„Wer sagt denn, dass sich meine Gitarre überhaupt da befindet?" machte sich Hendrix laut Hoffnung.

„Wir sollen ja auch noch nebenbei erkunden, falls du das vergessen hast", erwiderte Junifee lächelnd, augenlidklappernd, liebevoll, bissig.

„Scheiße", murmelte Erhardt.

„Wie?!" fragte Ufo nach.

„Mir scheint das Ganze hier nicht nur sehr blei-, sondern deshalb auch sehr kothaltig zu sein", erklärte Erhardt.

„Ach, du meinst „Scheiße". Sag das doch gleich", empfahl Ufo für später. Doch wo lag *später*? Würde man es je erreichen?

„Was ist denn jetzt!" raunte Hendrix nach vorn. „Lasst mich mal sehen".

„Au ja, auch mal kucken", drängelte sich Erhardt vor und Ganschack ließ es gerne zu.

„Wie sollen wir da reinkommen und wieder rauskommen ohne umzukommen", drehte sich Erhardt entsetzt weg und ließ Dokta und Zeitling spähen, dass diese analysieren und protokollieren konnten.

„Und worum geht es dabei?" nickte Junifee zum Platz und blickte Ufo danach vorübergehend fragend an.

„Keine Ahnung. Tradition, Kult, Spaß. Doch allmählich solltest du doch wissen, wie es hier läuft.
Wir sollten jetzt aber kein Seminar über die böse
Welt als solche abhalten", spähte Ufo zum schusser-
füllten Platz.

„Überhaupt ist hier nicht viel mit Sprechen im
Allgemeinen", warf Hendrix, cool an die Hauswand
gelehnt, ein.

„Die lassen lieber sprechen und zwar die Gewehre", ergänzte Erhardt etwas weniger cool, dafür
sehr herzhaft.

„Und wo sollen wir jetzt Hendrix' Gitarre suchen?" sah Junifee zürnend die Straße hoch. „Sind
die Volksmusikanten überhaupt ansässig am Platz?"

Schweigen.

„Ja, sind sie. Die sollen auch irgendwo hier im
Zentrum sein, aber nicht unter den Bewaffneten",
klärte Ufo betroffen auf.

„Woher weißt du das so genau?" wollte es Hendrix jetzt genau wissen.

„Das ist eine lange Geschichte, die ich euch nie
erzählt habe. Mein Großvater hat sie mir erzählt",
druckste Ufo herum.

„Erzähl' schon", lud der Rest der Gruppe Ufo zu
einem Geständnis ein.

„Also, das war so", begann Ufo. „Ein Vorfahr
von mir war in grauer Vorzeit Tubaputzer bei den
Volksmusikanten. Daher weiß ich, dass die hier ihr
Lager haben. So, nun kennt ihr die Geschichte",

sackte Ufo innerlich zusammen, senkte schuldbewusst den Kopf.

Alle umringten Ufo, ihm Trost zu spenden, dass er ja nichts für den Vorfahren könne. Dann musste Ufo noch die Spendenquittungen unterschreiben, die ihm die Trostspender entgegenhielten. Nur Junifee hatte nicht gespendet, im Gegenteil: „Schon immer hast du es gewusst und lässt uns wie blöd in dieser scheiß Stadt rumlaufen!"

„Bitte verzeih mir", schluchzte Ufo.

„Okay", verzieh Junifee nüchtern.

„Nun wissen wir also ganz sicher, dass die Volksmusikanten da hinten am Platz zu finden sind", interpretierte Ufo sein Geständnis perfekt und nach dieser Lebenskrise wieder souverän und erstarkt. Der Tubaputzer hatte eben nur mal rausgemusst.

Junifee spähte erneut, dieses Mal entschlossen, um die Ecke zum Platz, der in ein gespenstisches Licht getaucht war, ähnlich wie ein Fußballstadion unter Flutlicht bei Nacht. Alle möglichen Lichtquellen ortete sie. Erleuchtete Fenster in den Hochgebäuden, wohl an die zweihundert Meter hoch. Nach oben hin nahmen die Lichtquellen jedoch deutlich ab. In Bodennähe spielte sich vor allem alles ab. Scheinwerfer, Laternen, Leuchtspurmunition, kleinere Brände und Explosionen, zwei Taschenlampen und ein aufflammendes Feuerzeug. Eine Gestalt detonierte, bis vor Junifees Füße rollte der Kopf: „'nAbend", grüßte der körperlose Kopf lächelnd und musterte Junifee eindeutig von unten bis oben, als

wolle er sagen „Na, wie wär's mit uns zwei hübschen Köpfen" und verschied.

„´nAbend", grüßte Junifee höflich zurück.

„Wer ist da?" fragte Ufo aufgeregt, ängstlich,
wahlweise eifersüchtig oder besorgt.

„Nur der freundliche Kopf da unten", wies Junifee vor ihre Füße auf den Boden.

„Wollte er dich anmachen?!" drohte Ufo zür-
nenden Blickes dem Kopf.

„Ach, komm, der kann ja nicht mal mehr mit den
Ohren wackeln", gab Junifee Entwarnung.

„Impotenter Schädel!" höhnte Ufo und blickte
verächtlich auf die blutige Kugel auf der Straße.

„Wir müssen jetzt nur noch herausfinden, wo
sich hier das Lager der Volksmusikanten befindet",
kam Junifee wieder zur Sache, Schätzchen, und be-
liebäugelte Ufo kurzfristig.

„Richtig", bestätigte der und eine neue Licht-
quelle tat sich auf, Ufos funkelnde Augen ob Junifees
Beliebäugelung.

„Ich weiß nicht weiter", begann Junifee an ihrer
Überlegenheit zu zweifeln. Doch Ufo, Hendrix und
Erhardt wussten es auch nicht besser und außerdem
hatte Guckguck sie sicher bis hierher gelotst, was die
Eingeborenen nie geschafft hätten. Und sie, Junifee,
gehörte zu Guckgucks Leuten, sie gehörte zu den
Überlegenen.

„Niemand hier weiß so recht weiter", bekannte
auch Dokta und eine Welt brach für Zeitling zu-

sammen, der die Universalwissenschaftlerin und Ärztin, alle Kassen, für allwissend hielt.

„Doch, du musst, du musst!" kniete Zeitling vor Dokta. „Du musst weiter wissen!"

Reine Nervensache. Jedenfalls fand dieser Anfall Zeitlings nie Erwähnung in seinem Protokoll.

Junifee spähte erneut zu den schwarz-grau-moderbraunen Gebäuden am Platz in diesem diffusen Licht. Schüsse, Tote, huschende Gestalten, Trümmer und ein Raucher (das aufflammende Feuerzeug von vorhin).

„Wie sollen wir da bloß reinkommen und was dann?" fluchte Junifee.

„Platzrundfahrten! Platzrundfahrten!" erscholl es die Straße herauf. Ein größeres Vehikel mit opulenten Fensterscheiben ringsum bewegte sich langsam auf die Gruppe zu und eine Stimme bot aus dem Vehikel heraus „Platzrundfahrten!" an.

„Das ist es!" jubilierte Junifee, die Überlegene, und hielt das Vehikel an. Ein Eingeborener entstieg dem Fahrzeug: „Platzrundfahrten".

„Siebenmal", bestellte Ufo, der den Sinn der Aktion auch schon begriffen hatte.

„Mit Rückfahrt oder Totenschein?" fragte der Eingeborene teilnahmslos routiniert.

Ufo blickte kurz in die Runde, erntete teils irritierte, teils böse Blicke: „Mit Rückfahrt. Ist wohl besser", bestellte er und bezahlte.

„Also, wenn Sie sich mal kurz um mich reihen würden, kann ich mit der Führung beginnen", erhob der jetzt als Rundführer enttarnte Eingeborene die Stimme und die Gruppe tat es. Weshalb sollte man daraus auch ein Problem machen?

„Der Platz des Himmlischen Kniens, so sein Name", begann der Rundführer, „diente einst dem Dikken Tator als Residenz und Regierungszentrum. Heutzutage stürmen die ansässigen Schlachtparteien um die Nachfolge, schließlich hatte man sich nicht umsonst in den Befreiungskriegen des Dicken Tators entledigt. Man unterscheidet die bewaffneten Schlachtparteien, die sich in den vier Hauptgebäuden befinden und den passiven Beobachtern in den nicht ganz so hohen vier Kreuzungseckgebäuden Platzseite, wo sie auf einen freien Platz in den Schlachtgebäuden warten, sich also in eine Schlachtwarteliste eintragen mussten. Um Ihnen den Überblick zu erleichtern, erhalten Sie, natürlich im Fahrpreis inbegriffen, eine Skizze des Platzes", die der Rundführer sogleich verteilte und fuhr fort: „Es geht bei diesem, salopp gesagt, Spektakel um den Siegesturm in der Platzmitte, der von hier aus noch nicht zu erkennen ist. Es gilt also für die Schlachtparteien, diesen Turm zu erstürmen, die Altbesetzer hinauszuwerfen und ihn selbst zu besetzen. Dann ist man Sieger, Triumphator, der Platzgockel auf dem Hühnerhof. Als Symbol des Sieges hisst man auf dem Turm sein Banner, vielleicht sogar und/oder zur Verhöhnung das Banner des Besiegten. Noch irgendwelche Fragen?" blickte der Rundführer in die Gruppe, die ihrerseits leicht diffus wie das Licht umherschaute. Und schon fuhr der Rundführer fort: „Ich höre gerade, dass auf dem Platz das Schießen anschwillt. Wir sollten uns also beeilen. Alles einsteigen, bitte!"

Die Gruppenmitglieder nahmen links und rechts an den Fenstern Platz. Außer ihnen stiegen keine weiteren Schlachttouristen in das Vehikel.

„Alles bereit?!" fragte der Rundführer rhetorisch und gab dem Fahrer ein Zeichen zur Abfahrt.

Jetzt gab es kein Zurück mehr. Die Herzen klopften, die Mägen mulmten, die Spannung stieg. Es ging mitten hinein ins Herz von Empirehausen, der Hauptstadt von *Balzmann Drei*.

Noch achtzig Meter, fünfzig, zwanzig, der Platz öffnete sich mehr und mehr den Blicken, elf Meter nach Handspiel, dann war man im Tor ... äh, im Zentrum. Es knallte, blitzte, flackerte. Die riesigen dunklen Bauten bis in den Nachthimmel, dazwischen dieser Platz, getaucht in diffuses Licht. Alles schien so unwirklich.

Der Rundführer startete emotionslos seinen Vortrag: „Hier rechts gleich im ersten Kreuzungseckgebäude Platzseite, residieren die Brunfthennen".

„Die kennen wir schon!" rief Zeitling dezent dazwischen, schließlich wollte er nicht alles doppelt protokollieren.

„Sie Ärmster", blickte ihn der Rundführer mitleidig an und fuhr fort: „Dann brauche ich Ihnen diese Partei ja nicht weiter zu erläutern. Das Banner der Brunfthennen, sie werden es wissen, ist eine Heckenschere", wobei der Rundführer den irritierten Zeitling noch mitleidsvoller ansah. „Jetzt geradeaus über die Kreuzung und schon sind wir, wenn Sie mal nach rechts blicken möchten, bei der ersten

Schlachtpartei. Es handelt sich um den ehrenwerten Killerclub".

„Ah, die Straßenbeleuchtung vor der Stadt", erinnerte Dokta.

„Genau", setzte der Rundführer wieder ein. „Die Killer sind der Ansicht, dass sie einfach zu böse für solche gemeinschaftsdienlichen Aufgaben sind und hätten es nicht verdient, etwas Licht in die gefährliche Dunkelheit bringen zu dürfen."

„Das bedeutet schließlich auch eine Erschwernis ihrer Arbeit, wenn sie als Fackel durch die dunklen Gassen schleichen sollten", warf Erhardt verständnisvoll ein.

„Jedenfalls schlagen die Killer vor, für diesen wohltätigen Zweck der Lichtproduktion Außerplanetarische einzufangen. Doch wer glaubt schon an solche Wesen aus dem All", lachte der Rundführer kurz auf.

„Mir waren die von vornherein unsympathisch", kommentierte Junifee giftig. „Schon dieses Gezappel an den Laternenpfählen macht einen ja nervös", warf sie dem ehrenwerten Killerclub ein paar flammende Blicke zu.

„Das Banner des Killerclubs ist übrigens eine symbolische, überdimensionale Clubkarte. Doch vielleicht sollten wir jetzt einmal einen Blick zum Siegesturm riskieren. Mal sehen, wer gerade Platzgockel ist. Ich sehe dort auf dem Turm", die Gruppe war inzwischen geschlossen an der linken Fensterseite versammelt, „eine elektrische Gitarre. Das muss eine neue Partei sein".

Da war sie! Die Gruppe glotzte hin, als würde eine Brunfthenne zum Platzgockel mutieren. So unverhofft hatte man ein Zusammentreffen mit dem Instrument nicht erwartet.

„Meine Gitarre!" rief Hendrix, die er natürlich sofort als die seine identifiziert hatte, halb froh, halb entsetzt aus.

„Oh, Sie gehören zum Platz?" fragte der Rundführer verwundert.

„Nein, sehen wir etwa so aus?", antwortete Ufo und blickte in einen skeptischen, begutachtenden, abwägenden Gesichtsausdruck des Rundführers. „Die Volksmusikanten ..."

„Wer sonst!" rief Hendrix dazwischen.

„... haben seine Gitarre entführt und jetzt hängt sie da oben auf dem Turm."

„Aber die Volksmusikanten gehören doch gar nicht zu den bewaffneten Schlachtparteien, könnten Ihre Gitarre also gar nicht als Verhöhnungsversuch dort auf dem Siegesturm gehisst haben. Es sei denn ...", überlegte der Rundführer.

„Ja?!" starrte ihn die Gruppe geschlossen an.

„Es sei denn, die Volksmusikanten hätten Verbündete unter den Schlachtparteien am Platze", versuchte der Rundführer eine Erklärung zu finden.

„Wenn die meiner Gitarre etwas antun, bringe ich die hier alle um!" drohte Hendrix unglaubwürdig ins Blaue, auf *Balzmann Drei* wohl eher ins Graue und in der Nacht ins Schwarze. Sowieso.

„Ah, Sie gehören doch zum Platz", schloss der Rundführer aus Hendrix Ausbruch.

„Würden wir dann hier spazieren fahren?", klärte Ufo die Sache.

„Auch richtig. Also gut", hob der Rundführer wieder stimmlich an, „Sie brauchen sich um Ihre Gitarre keine Sorgen zu machen. Parteienbanner werden nicht beschossen, sofern sie sich auf dem Siegesturm befinden, da man sie ja als Trophäe kassieren will. Was nutzt da eine Gitarre, die nur noch aus sechs Saiten besteht, weil der Rest drumherum weggeschossen wurde", beruhigte der Rundführer. Das Aufatmen in der Gruppe übertraf für Sekundenbruchteile den Lärm auf dem Platz.

„Aber wer den Siegesturm zur Zeit besetzt hält, weiß ich dann auch nicht", musste der Rundführer passen, um zugleich derart zu erschrecken, wie ihn bis dahin noch keine Schlachtpartei zu erschrecken vermochte.

„Ganschack! Wir haben Ganschack und Guckguck vergessen!" zeigte Junifee zeigefingermäßig in die Luft über der Platzinnenfläche. Dort taumelte Guckguck und unter ihm zappelte, allerdings nicht brennend, Ganschack, der sich an einem Haltegriff festhielt, den Guckguck extra für solch einen Fall ausfahren konnte.

„Gehören die auch zu Ihnen?" staunte der Rundführer über die ihm immer sonderbarer erscheinenden Fahrgäste.

„Anhalten!" rief Junifee.

„Geht nicht! Vorschrift, da Erstürmungsgefahr bei geöffneter Tür auf dem Platz", lehnte der Rundführer Junifees Aufforderung bedauernd, aber kategorisch ab.

„Aber was will Ganschack denn bloß da oben?" fragte Dokta psychoanalytisch interessiert.

„Er muss die Abfahrt verpennt haben und will nun hinterher", meinte Hendrix.

„Oder war austreten", spekulierte Erhardt.

„Ist ja auch egal. Wie die beiden da oben rumbleiern", starrte Ufo in die bleihaltige Platzluft.

„Hoffentlich werden sie nicht getroffen", hoffte die Expeditionsleiterin und dachte an den ganzen Papierkram, der dann auf sie zukäme.

Der Rundführer informierte weiter, während die Gruppe halb zuhörte, halb Ganschack unter Guckguck beobachtete, alles umringt von dem gespenstischen, mörderischen Getümmel des Platzes, denn es wurde nicht nur gestürmt, sondern in sturmlosen Zeiten und überhaupt auch von Haus zu Haus geschossen und zurück. Und schon stürzte irgendein Schütze von irgendeinem Dach runde zweihundert Meter in die Tiefe. Nicht von allein, sondern nach Aufforderung durch einen Bauchschuss. Der Rundführer also: „Kommen wir zur zweiten Schlachtpartei auf dieser Seite. Es handelt sich um Guru Gänseblümchen und Gefolge. Diese Partei stürmt für die Begrünung des Schlachtplatzes, was immer Begrünung bedeuten mag. Niemand auf dem Planeten weiß es. Ihr Schlachtruf lautet „Sieg Veil", soll hervorgegangen sein aus „Sieg Veilchen", was immer ein Veilchen sein mag. Ihr Ziel ist die Errichtung eines sogenannten „Grünen Reiches" auf dem Siegesturm. Bei Erstürmung des Turmes wollen sie, als ihr Banner, dort oben einen Rußbaum pflanzen. Und schon sind wir bei der letzten Schlachtpartei auf dieser Seite des Platzes. Kulturverein Alala".

„Bekannt!" rief Erhardt aufklärend.

„Das Banner des Vereins ist die Schleierwalli", vermutete Junifee.

„Nein", lachte der Rundführer. „Deren Banner ist eine Flöte. Sie wissen doch, es handelt sich um einen Kulturverein. Allerdings", stutzte der Rundführer, „hat diese Flöte starke Ähnlichkeit mit einem Krummsäbel. Nun gut, also weiter im Programm", während Ganschack an Guckguck gekrallt den Siegesturm umtaumelte.

Stille, absolute Stille auf dem Platz. Den Schlachtparteien erschien dieses Flugwesen wohl gespenstisch, unheimlich und unwirklich, schließlich flog man auf dem Schlachtplatz höchstens vom Dach nach Bauchschuss. Staunten und glotzten sie? Ja, aber dann war schon wieder Ende mit wundern und das Flugwesen als ein Ziel mehr begrüßt. Das allgemeine Schießen setzte also erneut ein.

Das Vehikel hatte jetzt die erste Kurve der eckigen Rundstraße erreicht, wollte hineinbiegen: „Ach nein, das dauert ja wieder!" zeigte der Rundführer zum ersten Schlachtgebäude auf der zweiten Platzseite. Von dort humpelte, rollstuhlte, krückte und kroch es heran und auf die Straße.

„Was ist das?!" entsetzte sich Junifee.

„Dort ist das Invalidenheim. Alle Krüppel des Platzes haben sich dort vereint, beziehungsweise bekommen ständig Nachschub. Die ohne Beine schießen aus den Fenstern, die ohne Arme tragen das Messer im Mund, die Rollstuhlfahrer sind mit einem Rammbock ausgestattet und die mit nur einem Arm und einem Bein müssen sich entweder für die Krücke entscheiden, um schneller stürmen zu können oder für eine Waffe. Damit jedoch müssten sie auf einem Bein humpelnd ins Gefecht. Und das lassen sich die Scharfschützen der anderen Parteien nicht entgehen. Und bis die über die Straße gehumpelt sind! Nun macht doch schon!" rief der Rundführer zur Frontscheibe hinaus und schob imaginär mit beiden Armen nach. Er besaß ja noch beide Arme: „So werden die nie ihre Krücke auf dem Siegesturm hissen".

Die Gruppenmitglieder waren hin- und hergerissen, stürzten von einer Fensterseite zur anderen. Zeitling musste zu Höchstform auflaufen, wollte er das alles protokollieren und Ganschack musste schwindelfrei sein. Armer Ganschack. Wie sollte er von da oben seine Gruppe sichern? Und seine Betäubungswaffe auf dem Kopf konnte er nicht bedienen, selbst wenn er gedurft hätte. Er hätte sich ohnehin nur selbst abgeschossen.

„Als nächste Schlachtpartei sehen wir Euer Durchfall Kaiser Killhelm den Dritten mit Unterwurf", fuhr der Rundführer fort, als die Straße endlich invalidenfrei war.

„Ich kenne Auswurf", sinnierte Dokta, die hier als Ärztin überlegte.

„Unterwurf ist wohl die Steigerung", spottete Ufo.

„Kaiser Killhelm ist ein sehr gläubiger Parteivorsitzender und möchte der Schlacht die Krone aufsetzen, die natürlich sein Banner zugleich ist. Die letzte Partei in der zweiten Reihe ist Häuptling Röhrender Hirsch mit seinen Hutsitutus. Ihr Banner ist selbstverständlich ein riesiges Geweih. Und da röhrt der Hirsch auch schon, hat wohl Ihren Ganschack mit seinem kleinen Geweih als Nebenbuhler auf dem Balzplatz ausgemacht", führte der Rundführer weiter durchs Programm.

In der Tat stürmten ein paar Hutsitutus aus dem Gebäude, aber nicht Richtung Ganschack an Guckguck, sondern auf die sich ihrerseits ja schon im Sturm befindlichen Invaliden, die sich tapfer wehrten. Ein paar des Invalidensturms überlebten, allerdings mit einigen Gliedmaßen weniger. Doch kam es darauf noch an?

„Im dritten Kreuzungseckgebäude spielt Stämmchen", machte es der Rundführer kurz. Wahrscheinlich wurde er noch nie von einem Messer, oder, dank Ufos Tausch, von einer kleinen gelben Badeente bedroht. Jedenfalls flogen dem Vehikel etliche Wattebäusche um die Ohren.

„Diese Feuchtfurzer! Diese ganzen rotzhirnigen, faschissenen Zuschen!" entfuhr es Zeitling überfallartig.

Junifee und Dokta glotzten den Protokollführer entgeistert an. Solch deftige Ausdrucksweise hätten sie von der personifizierten Seriosität Zeitling nun doch nicht erwartet, trotz *Balzmann Drei*.

Man muss dazu wissen, dass „Zusche" als das übelste Schimpfwort im ganzen Universum gilt.

„Das musst du nicht ins Protokoll aufnehmen", lächelte Junifee zu Zeitling rüber.

„Danke", erwiderte dieser dienstbeflissen und hatte schon wieder alle Formalien im Kopf beisammen.

„Zur ersten Schlachtpartei auf der dritten Platzseite. Es handelt sich dabei um eine undefinierbare Partei. Gestern stürmten sie aus Pflicht, heute für einen Kasten Gluck Mit und morgen als Zusche", informierte der Rundführer weiter.

Woher kannte der Rundführer das übelste Schimpfwort im ganzen Universum? Hatte er Kontakt zu Captain Pferd? Hatten sie etwa gemeinsam mit kleinen gelben Badeenten gespielt? Beschimpfte Captain Pferd den Rundführer mit „Zusche", weil dieser sein Entchen versenkte?

„Und manchmal", fuhr der Rundführer fort, „stürmen einige von ihnen wild und bedrohlich auf die Platzinnenfläche, stoppen dort abrupt ab, erschießen, erschlagen oder erstechen sich selbst. Das sieht immer recht lustig aus, das macht Spaß. Deren Banner wechselt täglich. Eben Mutanten."

„Ah, der Clan der Mutanten stürmt wohl auf dem Wechselkurs", spottete Junifee.

„Vielleicht handelt es sich bei diesen ganzen Schlachtparteien ja auch um Aktiengesellschaften, die an einer Schlachtbörse gehandelt werden", spekulierte Dokta.

„Und die Leichengräber kassieren die Renditen", gab auch Ufo eine finanztechnische Spekulation ab.

„Wieso Leichengräber? Ich denke, hier gibt's Kannibalen?" erinnerte Erhardt schmatzend.

„Für wie verfressen hältst du die", hatte Dokta schon analysiert. Selbst die Kannibalen konnten soviele Leichen und Gliedmaßen nicht vertilgen. Allerdings bestand die Möglichkeit der Vorratshaltung, falls Besuch von außerhalb kam. Man erinnere sich der Leichenteile in der Minibar des Hotels. Natürlich sind geräucherte Finger oder Pökelfüße Geschmackssache.

„Übrigens", erhob der Rundführer wieder die Stimme, „befindet sich die Schlachtbörse in einem Gebäude des innersten Blockringes, also ganz in der Nähe. Aber fragen Sie mich bloß nicht nach den aktuellen Kursen".

Um das Vehikel herum pfiffen die Geschosse, detonierten kleinere Granaten. Gestalten kauerten in Fenstern und Gebäudeeingängen und aus dem Siegesturm heraus schoss es unbekannt zurück. Und Ganschack schwebte über allem, doch vor allem um Hendrix Gitarre herum.

„Rudel Adolf ist die nächste Schlachtpartei am Platze. Adolf hieß in grauer Vorzeit ein sogenannter Schäferhund, der immer noch von dieser Partei verehrt wird. Die Mitglieder des Rudels sind sprachlich entsprechend entartet. Die maskulinen Mitglieder kleiden sich gern in neckischen kurzen Höschen. Nun ja, wer's mag. Ihr Banner ist eine Hundeleine", führte der Rundführer aus.

Besonders die vom Exteam staunten ungläubig in die Gegend. Sie waren von *Balzmann Drei* nun schon einiges gewohnt. Aber dieser Platz ... Zeitling hatte schon recht. Alles Zuschen.

„Und schon sind wir bei der letzten Schlachtpartei auf der dritten Platzseite. Es handelt sich um den Verband der Söldner e.V. Eine Partei, die zeitweise mal zu dezimiert oder kriegskraftzersetzt ist, kann sich den Verband mieten und ihn stellvertretend für sich stürmen lassen, was natürlich nicht soviel Spaß bringt, als persönlich zu stürmen. Zahlt eine andere Schlachtpartei besser, so kann es dem ersten Pächter selbst an den Kragen gehen. Das Banner des Verbandes ist ihre Kontonummer bei der Empirehausener Notenbank, die sie auf ein großes Transparent gemalt haben“, unterrichtete der Rundführer.

„Hört ihr das?!“ lauschte Hendrix hinaus.

„Was denn?“ fragte Ufo und lauschte mit.

„Das Schießen?“ fragte Erhardt und schloss sich lauschend an.

„Richtig. Da scheppert draußen was“, schnupperten Junifees Ohren hinaus. „Aber das ist doch kein Schießen. Nudelbusch?“

„Mir war doch schon vorhin so, als hörte ich was Seltsames“, gab jetzt auch Dokta hin- und hergelauscht zu.

„Zeitling?“ starrten ihn alle an. „Ja, ja, ich lausche ja schon mit.“

Und der Rundführer fuhr fort: „Ins letzte Kreuzungseckgebäude haben sich die Trachtkehner hinvertrieben. Sie tragen niedliche bunte Uniformen, aber auch schwarz-grün-moderbraune, wobei unklar ist, welche der Uniformen als Tarnung dient. Der hintere Teil des Gebäudes wurde in den Kriegen derart zerstört, dass man ihn ganz abriss. Stattdessen steht dort jetzt ein Gluckzelt. Und dort geben die von Ihnen gesuchten Volksmusikanten gern ihre Konzerte".

Da waren sie! Die Volksmusikanten! Das Scheppern. Nicht Schießen, nicht Nudelbusch, es waren die Volksmusikanten! Ein Konzert im Gluckzelt!

Was machte Ganschack? Er umkreiste, an Guckguck hängend, die Gitarre immer enger. Leuchtspurgeschosse knatterten an den beiden vorbei, Semmeln wurden vom Turmdach aus nach ihnen geworfen.

„Er hat sie! Er hat sie!" schrie Hendrix auf.

Ganschack hatte nach der Gitarre gegriffen, allerdings mehr um Halt an ihr zu finden, als sie zu retten, hatte sie dabei von der Halterung gerissen und bleierte nun mit Gitarre und Guckguck in einer eleganten Kurve Richtung Rundfahrtsausgangspunkt davon und verschwand in der Straßenschlucht.

„Das war's", atmete Hendrix laut auf.

„Und so einfach ging das. Hätte man ja gleich drauf kommen können", bilanzierte Erhardt die Befreiungsaktion.

„Kommen wir also zur letzten Platzseite", setzte der Rundführer die Führung fort. Zuerst haben wir dort Psalmjunkie und die Kruzifixer. Sie stammen ursprünglich aus dem Unheiland, das östlich von Empirehausen liegt. Zum Abendmahl nehmen die Mitglieder dieser Gemeinde gern Psalmgluck Mit zu sich und stürmen dann gern die Straßenkreuzung vor der Tür, teils, weil sie Kreuzungen anbeten, teils, weil sie die Orientierung verloren haben. Ihr Banner ist ein symbolischer Verkehrsunfall zweier Spielzeugvehikel, die sie an ein Kreuz genagelt haben".

„Das erinnert mich an die MERPORFOs", erinnerte sich Ufo.

„Das verwechseln Sie", klärte der Rundführer auf. „Die MERPORFOs suchen im Nebel ihr Zuhause, nämlich den Unfall. Die Kruzifixer *sind* ein umnebelter Unfall. Neben diesem Unfall die vorletzte Schlachtpartei. Sie nennt sich Arbeitsgemeinschaft der Freunde des Weltunterganges GmbH. Seit ihnen vor hunderten von Jahren das Giftgas ausging, werfen sie mit Stinkbomben um sich. Ihr Banner ist eine Gasmaske".

„Kein Wunder", kommentierte Junifee.

Und schon sind wir bei der letzten Schlachtpartei am Platz. Stämmel Finkelgold. Es handelt sich dabei um einen wohl sehr armen Stamm, kann sich nicht einmal einen heilen Stern auf seiner Flagge leisten. Sehen Sie nur dort über deren Gebäudeeingang diese Löcher im Stern auf der Fahne", kam der Rundführer allmählich zum Ende der Tour.

„Vielleicht wurden die hineingeschossen", folgerte Dokta logisch angesichts der Platzverhältnisse.

„Solch eckige Löcher schießt kein Gewehr", winkte der Rundführer ab. „Außerdem ist es so, dass der Stern, wird die zerschossene Fahne ausgewechselt, erneut diese Löcher aufweist. Nein, ein wohl wirklich armer Stamm. Sein Banner ist eine Tüte, in dem sich ihr Heiligtum befinden soll, nämlich der Goldene Kalk. Doch ob dieser Kalk golden ist, darf bezweifelt werden. Sie ahnen es schon, die Armut von Stämmel Finkelgold ließe das wohl kaum zu. Ihr Anführer ist übrigens der Messer-Ias. Und das war die Platzrundfahrt. Vielen Dank für Ihr Interesse und Ihre Aufmerksamkeit", verbeugte sich der Rundführer leicht vor seinen Fahrgästen, die höflich applaudierten.

Das Vehikel kehrte zum Startpunkt zurück, wo Ganschack und Guckguck schon ungeduldig warteten und begeistert begrüßt wurden. Wer ist schon so verwegen, hängt sich unter eine Granatenattrappe und rettet im Kugel- und Semmelhagel eine Gitarre auf *Balzmann Drei*? Ganschack war es auch nicht. Er war nur vor Fahrtantritt kurz noch mal in den Souvenirladen gegangen, wo er eine Ansichtskarte von Empirehausen erwarb, nachdem er in der kleinen Filiale der Empirehausener Notenbank nebenan ein paar Gurkentaler gegen einheimisches Geld eingewechselt hatte, worauf die Hochintelligenten seiner Gruppe nicht gekommen waren, stattdessen lieber Schulden bei Ufo machten. Und diese Schulden musste schließlich jemand begleichen, so war es abgesprochen. Und diese Gegenleistung bestand in der Gitarrenbefreiung. Nicht zuletzt jedoch plagte Ganschack auch ein gruseliges Unbehagen, allein in der dunklen, bösen Stadt auf die anderen warten zu müssen, um dann eventuell doch noch zum Zwecke der Straßenbeleuchtung vor der Stadt eingefangen zu werden. Doch die Motive für seine verwegene Tat musste er ja nicht geradewegs ins Protokoll diktieren. Wem würde das schon nutzen?

„Machen Sie auch halbe Platzrundfahrten?" erkundigte sich Ufo beim Rundführer. „Wir müssen nämlich zur gegenüberliegenden Seite des Platzes".

„Veranstalten wir auch, aber nur zum halben Preis", informierte der Rundführer.

„Was wollen wir da?" fragte Junifee Ufo flüsternd.

„Na, erkunden", erinnerte Ufo sie an ihren Auftrag.

„Das weiß ich auch. Aber erzähl das mal den anderen", versuchte Junifees Stolz sich zu retten.

„Geht gleich los", sagte der Rundführer, „ich muss nur noch einen neuen Fahrer anfordern. Dieser hier ist ja schon halb tot", womit er den arg zerschossenen Fahrer aus dem Vehikel zerrte. Der neue Fahrer war schnell vor Ort. Eine wirklich exzellente Organisation dieses Unternehmens, sehr kundenfreundlich.

Junifee versicherte sich, dass diesmal alle mit an Bord waren. Die Fahrt Richtung „Platz des Himmlischen Kniens" startete deutlich zügiger als bei der ersten Tour. Und schon war der Schlachtplatz erreicht, auf dem es schlimmer denn je zuging. Die Brunfthennen schnippten mit ihren Scheren aus den Fenstern gelehnt in die Luft und kreischten, vorne stürmte Guru Gänseblümchen mit Gefolge, Spaten, Hacken, Gießkannen, Saatgut und MG, während sich der Killerclub noch vornehm zurück und Ausschau nach UFOs hielt. Vom Dach grölte der Vorjodler der

Alalas per Verstärker zum Sturm, in der anderen Ecke bebte das Gluckzelt von der Musi. Ein Trupp Kruzifixer torkelte kreuz und quer, vollgedröhnt mit Psalmgluck Mit, auf der Kreuzung vor ihrem DOMizil herum, während Psalmjunkie einen anderen Trupp aufforderte, den Siegesturm zu kreuzigen. Das jedoch passte dem Kulturverein Alala, der von rechts stürmte, gar nicht, schließlich wollte man selbst den Siegesturm kultivieren. Man dachte da an Konzerte der Schleierwalli, die immerhin auf einem Krummsäbel Flöte spielen konnte. Die AG Freunde des Weltunterganges warf Stinkbomben aus ihren Fenstern ins Getümmel, gegenüber hauten die Hutsitutus sich gegenseitig ihre Trommeln um die Ohren, während Messer-Ias vor der Haustür mit dem Geist des Mister Grünspan von der Empirehausener Notenbank konferierte. Es ging dabei um die Finanzierung einiger Gewehre und eines heilen Sterns für die Fahne. Zeitgleich öffnete Rudel Adolf seinen Hochzwinger und entließ an langen Leinen eine Meute in kurzen Höschen „wuff!" „wuff!" auf den Schlachtplatz, wo einige vom Clan der Mutanten sich selbst zu erwürgen versuchten, noch ehe sie von den Krücken der Invaliden erschlagen wurden. Derweil verhandelten die Söldner mit Stämmchen und den Trachtkehnern um eine Stellvertreterschlacht. Die Trachtkehner boten einen Konzertabend im Gluckzelt, Stämmchen eine kleine gelbe Badeente und mittendrin schritt Euer Durchfall Kaiser Killhelm der Dritte mit Unterwurf, um dem Ganzen die Krone aufzusetzen.

Doch wie Hendrix´ Gitarre auf den Siegesturm gelangte und welche Partei ihn zu dem Zeitpunkt besetzt hielt, wurde nie geklärt. Die Semmeln, welche man vom Turmdach aus nach Ganschack und Guckguck warf, können natürlich nicht als Beweis herhalten. Jedenfalls ließen die Kannibalen dieses Backwerk liegen. Ihr Tisch wurde reichlich mit saftigem Frischfleisch gedeckt. So verließ das Vehikel den Platz in leicht jagender Fahrt und erreichte die Endstation der Halbtour.

Die Gruppe entstieg dem Vehikel sichtlich erleichtert. Dokta, ganz Ärztin, alle Kassen, stellte dem Rundführer abschließend noch eine medizinisch motivierte Frage, dabei besorgt auf den noch intakten Fahrer blickend: „Ihr Fahrerverschleiß muss wohl äußerst hoch sein?"

„Nicht nur der Fahrerverschleiß", antwortete der Rundführer und verstarb augenblicklich an einem sauberen Kopfschuss vom Platz her.

„Was wollen wir eigentlich hier?" fragte Hendrix und hielt seine Gitarre fest umschlossen.

„Hast du vorhin nicht zugehört?" fragte Ufo den Fragenden zurück.

„Dem haben wohl schon die Saiten seiner Gitarre in den Ohren geklungen", feixte Erhardt.

„Gedenke unseres Auftrages. Wir müssen noch etwas erkunden. Also lasst uns noch zur anderen Stadtseite einen Blick werfen und dann reicht's", verkündete Junifee.

Alle, sofern lebend, drehten sich noch einmal zum Platz herum. Würden die Invaliden jemals ihre Krücke auf dem Siegesturm hissen können? Vielleicht während Schleierwalli vollgedröhnt mit Psalmgluck Mit und mit einer goldenen Hundeleine um den Hals als neuestes Mitglied im ehrenwerten Killerclub ein Konzert im Gluckzelt gibt und dabei von Guru Gänseblümchen begossen wird. Wer weiß.

Doch es war für die Gruppe noch nicht vorbei. Auf *Balzmann Drei* ist es nie vorbei. Etwas wartete noch auf der anderen Stadtseite. Nudelbusch!

Kapitel 4

NUDELBUSCH

Ohne nennenswerte Vorkommnisse und mit Guck-gucks Hilfe hatte die Gruppe den ihrem Hotel gegenüberliegenden Stadtrand erreicht und blickte in die Morgendämmerung, die genauso grau dämmerte wie die Abend- oder Mittagdämmerung.

„Beinahe romantisch", legte Ufo den Arm um Junifee.

„Roman-was?" blickte Junifee erst die Morgendämmerung und dann Ufo verwirrt an.

„... -tisch. Romantisch", wiederholte Ufo das Wort betonend.

„Sind das Verwandte von Stamm Tisch?" suchte Junifee irgendeine stürmende Horde in der näheren Umgebung.

„Nein", schmunzelte Ufo, „das ..."

Da war es wieder das Grollen, lauter als je zuvor und unterbrach Ufos romantischen Versuch.

„Es kommt aus dem Gebäude da draußen", zeigte Dokta einen Kilometer hinaus.

„Nudelbusch!" entfuhr es Erhardt. „Da thront Nudelbusch!"

„Und davor stehen Eingeborene in einer Warteschlange", beobachtete Zeitling und protokollierte es.

„Die Opfergänger", fiel es Hendrix ein.

„Die Gläubigen werden zum Gebet gegrollt", erschauerte Erhardt in hoffentlich sicherer Entfernung.

Dokta hatte längst ihr Universalmessgerät in Aktion: „Es handelt sich bei dem Objekt dort, wie soll ich es sagen ... sagen wir mal ... um eine Bedürfnisanstalt".

„Bedürfnis was?!" wollte Ufo es genau wissen.

„Nun ja. Die Eingeborenen lassen ihre Exkremente dort in dem Objekt, ihren Stuhl, äh ..." suchte Dokta nach volksnaher Ausdrucksweise.

„Was lassen die da?" begriff Hendrix immer noch nicht. „Opfern die etwa ihre Stühle?"

„Vielleicht ist Nudelbusch so schwer, dass er ständig seinen Thron zerdeppert. Und die Gläubigen schleppen immer neue Stühle ran", irrte sich Erhardt.

„Hey, Leute, die kacken da", klärte Junifee derb auf. Ihr war es zu bunt, äh, zu braun geworden. Und *Balzmann Drei* war eben sehr prägend.

„Jetzt kapier' ich", fasste sich Ufo an den Kopf. „Das ist die Stadttoilette".

„Nudelbusch ist ein riesiges Scheißhaus", begriff auch Hendrix und alle blickten zu Gott hinüber.

„Das habe ich immer schon geahnt. Wenn ich da an zu Hause denke", schaute Erhardt Hendrix abschätzig an.

„Sag' nichts Falsches", schaute dieser drohend zurück. „Sei froh, dass unser Klo nicht an meinem Verstärker angeschlossen ist".

„Da sei Nudelbusch vor", flehte Ufo gespielt.

„Und die Warteschlange davor?" mischte jetzt auch Ganschack aus gutem Grunde mit.

„Die müssen alle mal", protokollierte Zeitling laut und Ganschack hatte genau das befürchtet.

„Aber da ist noch mehr", begann Dokta erneut zu referieren.

„Man los", drängte Erhardt.

„Also", setzte Dokta wieder an, „der eigentliche Komplex liegt unter dem Planetenboden, nur verraten durch den Schornstein da weiter draußen. Es handelt sich um ein unterplanetarisches Kraftwerk. Dort in dem Gebäude werden die Exkremente abgeliefert, darunter gesammelt und dann zum unterplanetarischen Kraftwerk gespült, wenn genug gesammelt ist".

„Das Grollen etwa?" ahnte Ufo schon.

„Richtig", lobte Dokta. „Und aus dem Kot wird Gas gewonnen, aus dem man Elektrizität für die Stadt gewinnt", und allen ging ein Gaslicht auf.

„Wirklich. Sehr roman-, roman-was noch mal?" spöttelte Junifee.

„Dann werde ich auch mal opfern gehen", meldete sich Ganschack im Allgemeinen und bei Junifee im Besonderen ab und eilte zu Nudelbusch.

Eigentlich hätte das bei der Tablettennahrung nicht passieren dürfen. Doch dem Gitarrenbefreier sei das verziehen.

„Hat sich der Cosmander eigentlich noch gar nicht gemeldet?" fragte Junifee nur der Form halber bei Dokta nach.

„Doch. Er war kurz wach, grüßte freundlich und dann schien es ihm gar nicht so gut zu gehen", informierte Dokta.

„Böser, böser Guckguck! Mal wieder Karussell geflogen mit dem Cosmander", schimpfte Junifee zum Roboter und lächelte die Granate an, die natürlich nichts verstand und fuhr fort: „Aber wem gehört dieses Gotteshaus da eigentlich und wo sind die Priester, ich meine die Mitarbeiter der Anstalt", wurde Junifee neugierig.

„Ich kann kein weiteres Leben dort feststellen", antwortete Dokta.

„Was, alles Zombies die da hinten?" starrte Ufo zur Warteschlange der Opfergänger.

„Nein. Ich meine außer den Gläubigen. Unterplanetarisch sind keine weiteren Lebenszeichen auszumachen. Die Anlage wurde wahrscheinlich zusammen mit Empirehausen erbaut. Vielleicht gab es damals Priester, ich meine Personal. Heutzutage läuft die Anlage jedoch vollautomatisch. Ein Computer regelt alle Vorgänge. Den Strom für den eigenen Betrieb zweigt die Anlage automatisch für sich selbst ab", erklärte Dokta den Komplex Nudelbusch.

„Und weshalb grollt Gott so laut?" brauchte Zeitling diese wesentliche Information fürs Protokoll.

„Der Grund könnte mangelnde Wartung sein", analysierte Dokta.

„Die letzte Ölung ist wohl schon sehr lange her", fachsimpelte Hendrix.

„Vielleicht eine Verstopfung", mutmaßte Erhardt durchaus nachvollziehbar und logisch.

„Da fällt mir Euer Durchfall Kaiser Killhelm ein. Der soll doch sehr gläubig sein", erinnerte sich Ufo.

„Ist das ein Wunder", scherzte Junifee majestätsbeleidigend und dachte an die vielen Gottesdienste des Kaisers.

„Und du meinst, der sorgt für die Verstopfung?" runzelte Erhardt den Hintern.

„Hoffentlich können die soviel kacken, wie die gläubig sind", sorgte sich Hendrix um die Seelen der Opfergänger, die das Grollen natürlich als Gottes Stimme vernahmen, die zum Opfer rief.

„Und der Engel des Herrn kam grollend gezogen auf einer flammenden Kloschüssel und der Welt ward geboren Nudelbusch", schloss Junifee die Andacht, denn der Wind wehte von Gott her und trug dessen höllische Düfte zur Gruppe.

Kapitel 5

DAS FÜNFTE KAPITEL

„Wir sollten allmählich aufbrechen", machte Ufo diesen Vorschlag.

„Von mir aus. Wir haben genug gesehen. Außerdem wird es für uns auch langsam Zeit", unterstützte Junifee den Vorschlag.

„Treffpunkt ist um Punkt zwischen zwölf und Mittag", erinnerte Dokta Junifee.

„Und wie zurück?" fragte Erhardt besorgt.

„Wir erobern uns ein Vehikel. Dann zum Hotel zurück, Klamotten holen, abmelden und dann back home", war Ufo schon in Aufbruchstimmung. „Wartet mal kurz hier", und zog mit Hendrix in die Stadt los.

Sie versteckten sich in einem Hauseingang und warteten. Und da knatterte auch schon ein Vehikel heran. Doch es knatterte nicht lange, dafür von irgendwoher ein Schuss, Fahrer tot. Ufo und Hendrix stürzten zum Vehikel, entfernten den toten Fahrer und fuhren mit dem Gerät zur Gruppe zurück. Die Aktion war völlig legal, da ein herren- oder damenloses Vehikel als vogelfrei galt. So umging man auf *Balzmann Drei* auch Erbschaftsstreitigkeiten unter Verwandten.

„Ist Ganschack noch nicht zurück?" erkundigte sich Ufo zu Nudelbusch blickend.

„Wenn der wüsste, was jetzt noch auf ihn zukommt, würde er nicht so schnell vom Pott kommen", lachte Hendrix.

„Was weißt du, das ich nicht weiß?" wusste Erhardt immerhin diese Frage.

„Wir fahren durch die Stadt zurück zum Hotel und dann raus hier", klärte Hendrix alle auf.

„Das geht schneller und wir haben auch ein schnelles Vehikel erwischt, einen *Schurrari*", beruhigte Ufo.

„In der Stadt ist es auch schon hörbar ruhiger geworden. Wohl die Morgenflaute", stimmte Junifee der Aktion zu.

„Und Guckguck wird uns lotsen, trotz Tageslicht", entschied Dokta spontan und Zeitling überhörte es.

„Ein bisschen Spaß muss sein", sagte Junifee. Doch klangen da nicht auch Ansätze von Rachegelüsten mit?

Und da trottete auch schon Ganschack heran, sichtlich erleichtert: „Und nun?"

Als man ihn informierte, war Ganschack drauf und dran zu Nudelbusch überzulaufen. Doch Gottes würzige Winde brachten ihn schnell wieder zu Verstand. Zudem: Wer einmal auf *Balzmann Drei* eine elektrische Gitarre aus den Händen der Volksmusikanten befreit hatte, der war fit für alle Gefahren des Universums, ... zumindest aber fit für die nächste Semmelattacke. Und so bestiegen alle das Vehikel. Ufo ans Steuer, daneben Junifee, äußerer Beifahrer Hendrix. Dokta und Zeitling auf den Sitzen dahinter, Erhardt und Ganschack auf der Ablage, die allerdings aus einer dritten Sitzreihe bestand beim *Schurrari*.

„Alles fertig?!" fragte Ufo ins Fahrzeuginnere und die wilde Fahrt durch Empirehausen begann.

Guckguck flog als Lotse voran und Hendrix Aufgabe bestand darin, auf den Roboter zu achten und dessen Kurs an Ufo weiterzugeben, der natürlich zuallererst auf die Straße zu achten hatte. Wer fährt schon gerne über abgetrennte Gliedmaßen oder ganze Leichen oder wollte sich gar in einem Leichenhaufen festfahren. Die Passanten spritzten auseinander, als sie die Granate Guckguck nahen sahen. Ein Passant spritzte auseinander, weil er zu spät eine echte Granate nahen sah. Den „Platz des Himmlischen Kniens" frequentierte man auf dieser Fahrt nicht. Das Kulturangebot der letzten Nacht erquickte die Sinne noch nachhaltig und zur Genüge. Sicherlich gab es auch eine Schlachtplatzgewerkschaft, welche die Kulturarbeit bei Tag nicht gestattete. Man umjagte also den Platz, jagte dabei Stamm Kunde zurück ins Bordell, dem Hexenhaften einen neuen Schrecken ein und die Zollabteilung von Stämmchen in die Gullis der Straßen, als sie Guckguck erblickten und er sich nicht überreden ließ, eine Gebühr zu entrichten. Und dieser wirklich unkultivierte Roboter beendete auch den Vortrag eines Alala-Vorjodlers, als er diesem urplötzlich Auge in Auge gegenüberschwebte. Der Vorjodler musste meinen, ihm sei Nudelbusch persönlich erschienen.

Und schon hatte man das Hotel unversehrt erreicht. Ufo stoppte den *Schurrari* vor dem Eingang, das Fahrzeug verziert durch etliche Einschusslöcher mehr im Blech, wohl das Resultat einer Veranstaltung mit Aktionskunst irgendwo unterwegs.

„Ich gehe mit Hendrix ins Hotel. Wir holen unsere Klamotten und melden uns ab. Erhardt, geh du mal Frühstück holen im Speiseraum", übernahm Ufo kurzfristig die Entscheidungsgewalt.

„Begleite Erhardt, Ganschack", hielt Junifee entscheidend dagegen.

„Aufpassen?" fragte der Sicherheitsbeauftragte.

„Nein, tragen helfen", beruhigte Junifee den
Rambini.

Die vier machten sich also auf, während Junifee,
Dokta und Zeitling das Vehikel von etwas Unrat
befreiten. In den Sitzpolstern steckten mehrere
Krummsäbel, auf dem Fahrzeugboden fuhren ein
paar blinde Passagiere in Handgranatenform mit. Bei
diesen Fahrgästen handelte es sich jedoch nicht um
Blindfahrer, sondern glücklicherweise um Blindgänger. Auch eine uralte Semmel war mitgetrampt und
wäre um Krümelsbreite beim Einflug beinahe in
Zeitlings offenen Rucksack gelandet, wie Dokta rekonstruierte. Da hätte man sich einen schönen Spion
auf der Gurk Fock eingehandelt.

Der *Schurrari* war dann einigermaßen gesäubert,
die anderen vier zurück und so verließ man Empirehausen. Im Lager vor der Stadt fand man am Straßenrand ein freies Plätzchen zum Picknicken. Letzte
Blicke wurden auf das steinerne Monster geworfen.
Immerhin warf man Blicke und keine Semmeln.
Wehmut ergriff alle. Wisst ihr noch, als wir von
Stämmchen überfallen wurden? Ja, und die pfiffige
Schleierwalli, echt süß. Und der flirtende Kopf auf
der Straße und die lahmen Invaliden beim Sturm.
Und dieser gemütliche Stamm Tisch. Und Nudelbusch mit seinem würzigen Wind und und und erinnerte man sich gerne an die schöne Zeit in Empirehausen, während nebenan einer schrie, er wolle
das Böse vernichten, verschluckte sich dabei und
erstickte daran, so dass er die Mistforke nicht mehr

spürte, welche ihm jemand in den Leib rammte, der schrie, dass er das Böse vernichten wolle, dabei von einem Beil enthauptet wurde, das schrie, dass es das Böse vernichten wolle, dabei von einem... Der Kopf des Enthaupteten flirtete übrigens nicht mehr mit Junifee, sondern wackelte lieber noch einmal mit den Ohren.

Die Gruppe bestieg wieder das Vehikel und setzte die Fahrt fort. Am Straßenrand winkten einige Brunfthennen mit ihren Scheren, doch noch ein Stündchen zu bleiben. Rechterhand am Horizont tobte eine Panzerpiratenschlacht. Am rückwärtigen Horizont schrumpfte Empirehausen Kilometer um Kilometer. Nebel legte sich auf die Stadt und in die Landschaft. Noch ein letztes Grollen von Nudelbusch in der Ferne. Hart opferten seine Gläubigen. Dann kehrte, bis auf das Motorengeräusch, graue, nebelfeuchte Stille ein. Man war Empirehausen entkommen und es schien plötzlich so weit weg.

Dann erreichte man die zerfallene Kate, an der sich beide Gruppen damals trafen. Ufo bog nach links von der Landstraße in eine schmalere Straße ein. Nach mehreren Kilometern tauchten im Nebel links und rechts der Straße kleine Häuschen auf, teils gut erhalten, teils nicht. Ufo bremste den *Schurrari* ab und lenkte ihn von der Straße auf einen kleinen sandigen Hof, an dessen hinterer Seite eines dieser kleinen Häuschen, passabel erhalten, mit Anbau stand. Das Ganze umsäumt von Rußbäumen und Rußbüschen.

„Da wären wir. Alles aussteigen", forderte Ufo alle auf und sie gingen ins Häuschen.

„Hier wohnt ihr also", schaute sich Junifee in einer Art Gemeinschaftsstube um, in die sie geführt wurden. Hendrix und Erhardt fanden dieses Zimmer von allein.

Dokta blickte sich ärztlich besorgt im Raume um: „Ihr solltet mal wieder staubwischen".

„Och, das hat Zeit. Der läuft uns nicht weg", beruhigte Erhardt die Ärztin, alle Kassen, die eher an die Gefahr durch Riesenstaubmilben, welche sie vom Planeten „Hustegern" her kannte, dachte, als an die Möglichkeit, von davonlaufenden Staub überrannt zu werden.

„Und hier seid ihr sicher?" erkundigte sich der Sicherheitsbeauftragte Rambini Ganschack besorgt.

„Bis jetzt ja", lachte Ufo. Weshalb er das lachend sagte, wurde nie geklärt.

„Weshalb steht euer Haus denn noch?" fragte Junifee verwundert und erwähnte dabei als Beispiel die Panzerpiraten als mögliche Quelle der Einäscherung.

„Hendrix Musik ist so abschreckend, dass sich nicht mal Granaten hertrauen", gab Erhardt eine Antwort, die ihm einen Job als Tubaputzer bei den Volksmusikanten verschaffen könnte.

„Das sind deine Gedichte. Mit denen könnte man geradezu den Siegesturm erstürmen, weil die Besetzer freiwillig abziehen, wenn du mit einem Vortrag deiner Werke drohst", folgte Hendrix' Retourkutsche auf dem Fuße.

„Wir haben einen festen Abreisetermin", blickte Junifee Ufo erwartungsvoll an.

„Wann?" blickte er genauso zurück.

„Um Punkt zwischen zwölf und Mittag", klärte sie ihn auf. „Schlaft ihr alle in diesem Raum?"

„Nein", schmunzelte Ufo. „Jeder hat noch seine eigene Kammer.

„Und wo ist die?" wollte Junifee rein innenarchitektonisch interessiert wissen.

Beide verschwanden also für ein Stündchen in Ufos Kämmerlein, dort eine interplanetarische Konferenz zu tätigen und über sozioökologische Phänomene der Zeitquetschung zu diskutieren. Das Kosmische Gesetz, Artikel Fünf, Absatz eins, lautete zwar *Nicht Eingreifen*. Doch wer griff hier eigentlich bei wem ein? Außerdem suchte Ufo nur den Schalter für das Lagerfeuer, das in beiden brannte. Und gegen Brandbekämpfung konnte doch wohl kein Gesetz im Universum etwas einwenden.

„Erhardt und ich werden mal rüber nach Troja gehen", gab Hendrix bekannt.

„Wohin?" erbat Zeitling eine Erklärung für das Protokoll.

„Troja heißt unser Studio drüben im Anbau. Erhardt, erzähl du mal, ich gehe schon vor, die Gitarre antesten und alles vorbereiten", verließ Hendrix die Stube. „Und komm dann nach, du weißt schon".

„Also", begann Erhardt, „Troja nannte man vor tausenden von Jahren den Stall eines sogenannten Pferdes. Das soll ein Monster mit vier Beinen und einem riesigen Kopf gewesen sein. In unserem Anbau nun soll früher solch ein Pferd gewohnt haben. Deshalb nennen wir das nebenan Troja".

„Und dort macht ihr eure elektrische Musik", lauschte Dokta wissbegierig mit.

„Ja", gestand Erhardt.

„Und wo habt ihr den Strom her?" verhörte Dokta weiter.

„Wir haben den Magischen Kristall", jubilierte Erhardt.

„Ach, *ihr* habt den! Das ganze Universum sucht danach!", horchte Dokta auf. „Zeitling, nicht protokollieren, sonst haben die bald sämtliche Kristalljäger, SF-Regisseure und bösen Mächte des Universums am Hals". Stutz. „Sagte ich ‚böse Mächte'?"

„Müssen die denn erst noch herkommen?", murmelte Ganschack verächtlich.

„Ich gehe dann eben auch mal kurz nach Troja rüber", erhob sich Erhardt aus dem Sessel und empfahl den drei Verbliebenen das Fernsehprogramm.

Als Erhardt gegangen war, machten es sich die drei in der Stube gemütlich. Für Dokta war es natürlich kein Problem, die Teleschleuder einzuschalten und zu bedienen. Zeitling wäre darüber auch sehr enttäuscht gewesen.

Schauen wir doch einmal kurz mit den Dreien ins Programm: *„Er wird sicherlich gleich kommen", sagte der Vater zu Frau und Töchterlein. Sie standen vor ihrem Häuschen im grauen, verkohlten Rußwald.*

„Horcht!" spitzte das Töchterlein die Ohren und alle lauschten den Waldweg hinunter.

„Ja, das ist er! Ich höre ihn kommen!" rief die Mutter.

Und nur wenige Augenblicke später sah man den verlorenen Sohn kommen, zumindest in Form von fliehenden Spaziergängern.

Und die Familie begrüßte Sohn und Brüderchen derart freudig, dass sie von Nudelbusch heilig gesprochen wurden.

„Sie sahen aus unserer Familienserie „Furzhaus Altesau" die Folge „Pupsi kehrt heim".

Die drei vom Exteam hatten so was noch nie im Kosmokabelprogramm gesehen und wussten, dass sie so was nie wieder sehen und hören wollten.

Es war Punkt zwischen zwölf und Mittag, alle sieben standen am vereinbarten Treffpunkt, das Beiboot wartete schon.

„Seid ihr nun Außerplanetarische?" fragte Ufo reichlich spät.

„Sind wir nicht alle außerplanetarisch irgendwie?" fragte Junifee zurück und alles murmelte Zustimmung.

„Und wie heißt euer Planet nun richtig?" wollte Zeitling fürs Protokoll wissen.

„Heißt nicht jeder Planet Planet irgendwie?" fragte Ufo zurück und erneut murmelte alles Zustimmung, nickte wie kornpickend: „Ja, ja. Genau. Richtig. So ist das. Stimmt. Exakt".

Das Exteam bestieg das Beiboot, welches sogleich abhob und die winkende Ufo-Gruppe rasch optisch getäuscht kleiner und kleiner werden ließ.

„Habt ihr den Lottoschein abgegeben?! Haut Pupsi wieder ab?!" Diese und ähnliche Fragen von kosmischer Bedeutung aus dem Beiboot geschrien verhallten ungehört in der Luft, hockten sich auf Wolken und warteten, dass der Wind ihnen die Antworten bringen sollte.

Der Pilot des Beibootes wirbelte mit seinen Ruderlöffeln die Atmosphäre von *Balzmann Drei* erneut durcheinander. Als sie das All erreicht hatten, setzte bereits die Farbinstabilität ein, die Horrordisco war wieder eröffnet. War sie je geschlossen?

„Herzlich willkommen", begrüßte Cosmander Störenbeker das Exteam in seiner Kapitänskabine. „Exzellente Arbeit", schüttelte er jedem Teammitglied die Hand. „Setzen Sie sich doch. Mir geht es auch schon wieder gut".

Die vier nahmen am Konferenztisch Platz, der Cosmander blieb stehen, die Hände hinter dem Rükken verschränkt, seine Leute stolz und lächelnd anblickend: „Wirklich hervorragende Arbeit. Sie haben doch alles protokolliert?"

„Natürlich", beruhigte Zeitling.

„Wir werden das Ganze zuhause verfilmen, so dass Sie es genau noch einmal nacherleben können, so wie wir ja immer verfahren nach solchen Expeditionen", erläuterte Dokta.

„Sehr gut", atmete der Cosmander auf, „ich bin wirklich stolz auf Sie.

„Das war alles halb so schlimm", winkte Rambini Ganschack ab und wurde sehr rot, als sein Blick die Blicke der anderen kreuzte.

„Und wir hatten ja nette Eingeborene, die uns behilflich waren", errötete merkwürdigerweise auch Junifee.

„Und meine kleinen Magenunstimmigkeiten vergessen wir einfach, lieber Oberprotokollführer Zeitling. Jawoll, Sie sind befördert", gratulierte der Cosmander.

„Ich habe da auch ein Geschenk von den drei freundlichen Eingeborenen für Sie", überreichte Junifee dem Cosmander eine kleine Scheibe.

„Aber das wäre doch nicht nötig gewesen", grapschte der Cosmander nach dem Geschenk. „Was ist das denn?"

„Darf ich?" übernahm Dokta die Demo-Klangscheibe und legte sie in den Universalcomputer ein, der an der Außenwand hinter dem Schreib- und Kommandotisch des Cosmander angebracht war. Sekunden später dröhnte es aus den beiden Lautsprechern.

Cosmander Störenbeker, der inzwischen an seinem Lieblingsplatz, dem großen Bullauge stand und auf *Balzmann Drei* blickte, erstarrte. Dann rieb er sich die Ohren: „Mein Orchester ist still, macht Urlaub, hat die Noten vergessen, ist futsch!" Er horchte in sich hinein. Stille: „Sie sind ein Genie, Dokta", strahlte er diese an.

Dafür dröhnte aus den Lautsprechern des Computers Hendrix elektrische Gitarre zu einem Gedicht von Erhardt, das dieser persönlich singend vortrug.

„Was für ein Planet", schüttelte der Cosmander im Rhythmus der Musik seinen Kopf und alle versammelten sich um ihn und schüttelten mit.

Aus den Lautsprechern erscholl: Rock, dröhn, verzerr und dazu Erhardt „Die Gitarre ist befreit / ach, das war 'ne Kleinigkeit / Im Gluckzelt soff man reichlich Gluck / da kam der Ganschack mit Guckguck / Semmeln pfiffen durch die Luft / Walli stieg aus ihrer Gruft / Ganschack cool, der Kopf trainiert / der Siegesturm war schön blamiert". Solo für Hendrix, dann wieder Erhardt mit einer Zugabe „Junifee, hier noch'n Gruß / von Ufo und dem Gurkenblues". Schlussakkord.

„Sehr schön", applaudierte der Cosmander. „Vor allem sehr originell. Sich eine Geschichte ausdenken, wie diese Gitarre befreit wird. Und dann meinem Geschöpf, Guckguck, noch die Hauptrolle geben. Toll. Und auch Ganschack darf mitspielen. Wirklich, sehr einfallsreich: Wenn ich da an mein ehemaliges, stümperhaftes Orchester denke. Kein Vergleich. Also, vielen Dank, liebes Expeditionsteam, besonders für Ihren Mut und Ihre Opferbereitschaft".

Wieder erntete der Cosmander skeptische Blicke des Exteams.

„Ich meine, immerhin haben Sie ja Zeit für die Operation geopfert. Und Sie, Junifee, brauchen mit Ihren hervorragenden Führungsqualitäten natürlich nicht mehr zurück an den Herd in der Kombüse".

„Ich war noch nie am Herd in der Kombüse", zürnte Junifee.

„Nicht?" Der Cosmander überlegte kurz. „Wie wäre es dann mit einer Expedition dorthin? Vielleicht gefällt Ihnen die Küchenarbeit ja".

„Cosmander! Möchten Sie täglich geschnetzeltes Fleisch mit ..."

„Dann wäre auch das geklärt", unterbrach der Cosmander schnell und würgend. „Bliebe also nur noch die freie Stelle als meine Stellvertretende Cosmanderin", bot der Cosmander den Job an, als rangiere der noch unter der Arbeit als Tubaputzer und sei einer Junifee unwürdig. Doch die staunte über gar nichts mehr und nahm an.

„Sie sind sicherlich sehr hungrig", erhob der Cosmander wieder das Wort. „Bruzzel Koch hat ein kaltes Büfett in der Kantine für uns hergerichtet. Wenn Sie schon mal vorgehen möchten, ich komme sofort nach."

Ganschack erhielt noch als Belohnung dafür, dass er die Gruppe sicher und heil zurückbrachte, den Status als Sicherheitsbeauftragter und Rambini aberkannt, was er voller Stolz noch seinen theoretischen Enkeln zu erzählen gedachte. Und Dokta durfte endlich wieder als Ärztin in Aktion treten. Die Bordkasse musste behandelt werden. Und nachdem die Panik abgeklungen war, die Guckguck auf Grund der Tatsache verursachte, dass er ein Granatenweibchen an Bord geschmuggelt hatte, verließ das Exteam die Kapitänskabine Richtung Kantine.

Wo Guckguck das Granatenweibchen entzündet hatte? Hier die kleine Geschichte. Auf Grund seiner ausgezeichneten Verdienste gestattete Junifee Guckguck einen Freiflug bei Tag, während sich die Gruppe im Nebel von Empirehausen absetzte. Guckguck nutzte die Gelegenheit und stattete der Panzerpiratenschlacht einen Besuch ab. Dort erfuhr er von einer verletzten Granate, die es auf dem Feld zerissen hatte, dass die Piraten ein Granatenweibchen ins Munitionsdepot gesperrt hatten, da dieses einen Antrag auf Detonationsverweigerung gestellt hatte. Und da Guckguck schon mal beim Befreien war, befreite er die scharfe Hülse. Wie er die Granate dann auf die Gurk Fock schmuggelte, muss aus sicherheitstechnischen Gründen geheim bleiben. Wer möchte schon, dass seine liebeshungrige Hausgranate des Nachts scharfen Besuch mitbringt und man nichts davon weiß. Nach der Aktion flog Guckguck zum Häuschen der Ufo-Gruppe und erhielt einmal mehr Einlass durch seinen Lieblingseingang, dem geöffneten Fenster, was ihn wohltuend von seiner Panzerverwandtschaft unterschied.

Übrigens durfte Guckguck in der folgenden Nacht auf der Gurk Fock seine Braut selbst entschärfen.

Cosmander Störenbeker überwies noch die Strafzettelrechnung für die abgelaufene Parkuhr per Kosmotrommel auf ein Konto der Empirehausener Notenbank, dann stellte er sich wieder an das Große Bullauge in seiner Kabine, schaute voller Genugtuung ins All hinaus. Was war das?! Der Cosmander stutzte, ging zum Kommandotisch:

„Hangar, bitte kommen".

„Hier Hangar."

„Sind alle Beiboote an Bord?"

„Ja."

„Aber was macht denn da draußen dieser Joghurtbecher, ich meine dieses Beiboot?"

Aus einem anderen Lautsprecher: „Störenbeker, hörst du mich?! Wir leben noch!"

Störenbeker erschrak. Sio. Die Blaumann-Spezial-Expedition.

„Ankermannschaft kommen!"

„Ja?!"

„Anker lichten! Beeilung!"

„Ja, ja."

„Störenbeker, wage es nicht wieder abzuhauen!" drohte die Stimme von Frau Sio aus dem Beiboot.

„Anker gelichtet", aus dem anderen Lautsprecher.

„Und weshalb fahren wir dann noch nicht?"

„Ohne Segel?" fragte die Stimme zurück.

„Segelmannschaft kommen!"

„Ja?"

„Segel setzen. Es eilt."

„Hier Hangar. Beiboot an Bord genommen. Es handelt sich um die vermisste Blaumann-Spezial-Expdition."

„Ich weiß, ich weiß, danke", fiel der Cosmander auf seinen Stuhl und starrte leeren Blickes zum Bullauge hinaus.

„Hier möchte Sie jemand ganz dringend sprechen", die Stimme aus dem Hangar.

„Ich weiß, danke", erwiderte Cosmander Störenbeker apathisch. Dann sprang er auf, funkelnder Blick, irrer Blick: „Ich veranlasse eine zweite Expedition nach *Balzmann Drei*. Ha, ha."

So schritt der Cosmander erneut zum großen Bullauge und blickte auf den besagten Planeten. „Und ich weiß auch schon, wer diese Expedition leiten wird".

Die Tür der Kapitänskabine wurde aufgerissen.

„Frau Sio, schön Sie wiederzusehen. Und wissen Sie was, ich habe gleich eine gute Nachricht für Sie", breitete der Cosmander seine Arme und ein Grinsen aus.

„Ach ja?! Außerdem heiße ich nicht Sio. Mein Mann *ist* Sio. Wir heißen Mordhorst", kam die heftige Erwiderung.

„Mordhorst. Ein schöner Name", lief es dem Cosmander eiskalt den Rücken hinunter. „Aber kommen Sie doch einmal zu mir, verehrte Frau Mordhorst."

Bösen Blickes folgte Frau Mordhorst der Bitte des Cosmander. Bei ihm angekommen, legte dieser widerwillig seinen Arm kollegial um die Expeditionsleiterin: „Und nun die gute Nachricht. Hätten Sie nicht Lust, auf diesem wunderschönen, farbenfrohen

Planeten (wechselte gerade auf mordsrot) eine Expedition zu leiten?"

Stille. Lächelnden Gesichts blickte der Cosmander auf *Balzmann Drei,* dann in das ihm zugewandte Gesicht von Frau Mordhorst. Konnte ein Lebewesen böser gucken als es auf *Balzmann Drei* zuging? Es konnte: „Störenbeker! Ich stopfe dich mit geschnetzeltem Fleisch voll und tunke dich dabei in eine Wanne mit roter Soße!", schrie die Mordhorst, als wolle sie ihrem Namen demnächst alle Ehre machen.

„Hilfe!", lief Cosmander Störenbeker durch die noch offen stehende Kabinentür auf den Gang hinaus." Wann geht die nächste Fähre nach *Balzmann Drei*?!"

ENDE

Platz des Himmlischen Kniens

Legende

1. Kunstakademie
2. Kreuzungseckgebäude (Kg.Ps.) und Brufthennen
3. Killerclub
4. Guru Gänseblümchen und Gefolge
5. Kulturverein Alala
6. Kg.Ps. Kannibalen
7. Zu vermieten
8. Invalidenheim
9. Euer Durchfall Kaiser Killhelm III. und Unterwurf
10. Häuptling Röhrender Hirsch und Stamm Hutsitutu
11. Fa. Messerschmidt Spielzeugwaren
12. Kg.Ps. Stämmchen
13. Clan der Mutanten
14. Rudel Adolf
15. Verband der Söldner e.V.
16. Kg.Ps. Trachtkehner
17. Gluckzelt
18. Psalmjunkie und die Kruzifixer
19. Arbeitsgemeinschaft der Freunde des Weltunterganges GmbH
20. Stämmel Finkelgold
21. Siegesturm – Seitenlänge 10m, Höhe 15m und zwei Tote
22. Innerster Blockstufenring
23. Imaginäre Platzgrenze

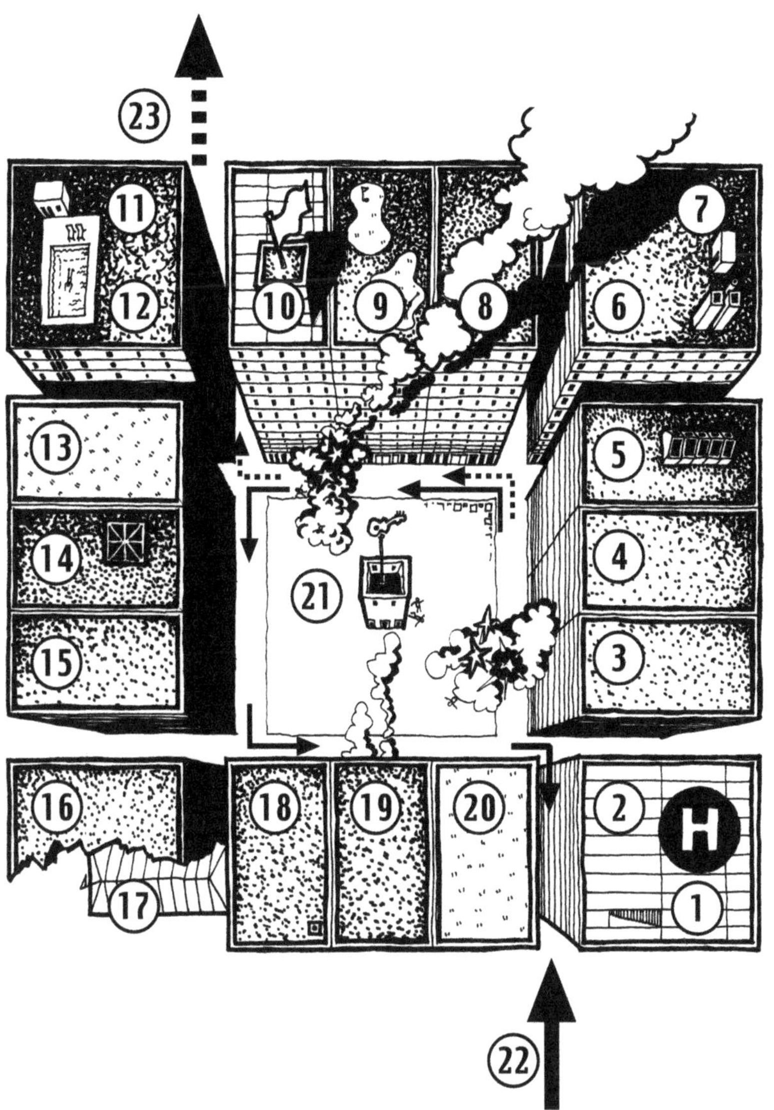